Maria Bogade

Zoës Welt

Das war ich nicht, das war schon so

Maria Bogade

Zoës Welt

Das war ich nicht, das war schon so!!!

Mit Illustrationen von Caty Ionescu

Im Gedenken an Emil und Mimi,
denen der Fuchs einfach
nicht widerstehen konnte,
und für Heiko, einfach so ...

Verlagsgruppe Random House FSC® N001967

1. Auflage 2017
© 2017 cbj Kinder- und Jugendbuchverlag
in der Verlagsgruppe Random House GmbH
Neumarkter Str. 28, 81673 München
Alle Rechte vorbehalten
Umschlagbild und Innenillustrationen: Cathy Ionescu
Umschlaggestaltung: Susanne Ulhorn, München,
www.soo-graphics.com
jk · Herstellung: UK
Satz: KompetenzCenter, Mönchengladbach
Druck: GGP Media GmbH, Pößneck
ISBN 978-3-570-17410-4
Printed in Germany

www.cbj-verlag.de

Inhaltsverzeichnis

1. Kapitel

Peterchen und das Klo

Machen wir es kurz. Ich will ein Haustier. Nicht erst seit heute oder gestern, sondern schon ziemlich lange. Also echt lange. Eigentlich schon so lange ich denken kann. Es ist auch nicht so, dass ich noch keines gehabt hätte. Aber sagen wir es mal so – es lief nicht so gut mit mir und meinem ersten Haustier.

Wieso?

Naja, Peterchen hat es leider nicht allzu lange bei mir ausgehalten. Wenn ich ehrlich bin, ist das so auch nicht ganz richtig. Ich muss zugeben, dass ich auf der einen Seite nicht ganz unschuldig daran war. Auf der anderen Seite: Wer kauft einer Vierjährigen schon einen Fisch? Also sind meine Eltern mit schuld an der ganzen Sache.

Ein Fisch ist das wirklich allerallerlangweiligste Haustier, das es überhaupt gibt. Aber Mama dachte wohl, dass dies ein toller Anfang für die Haustiergeschichte meiner Wenigkeit wäre. Ich habe es auch nur gut mit Peterchen gemeint.

Wirklich! Ich hatte ihn sogar ein bisschen lieb. Sofern man ein Haustier in so kurzer Zeit lieb haben kann. Schließlich hatte ich Peterchen gerade einmal zwei Tage.

Nur, konnte ich wissen, dass Fische nicht so gut mit Luft klarkommen? Peterchen schwamm die ganze Zeit im Kreis herum und kam gar nicht zur Ruhe. Da ich meine Puppen auch immer schlafen legte, dachte ich mir, das arme kleine Peterchen müsse sich eben auch einmal ausruhen. Also habe ich ihn einfach so mir nichts, dir nichts in mein Bett gelegt. Peterchen war zwar etwas glitschig und zappelig, aber was tut man nicht alles für sein erstes Haustier. Ich habe ihn auch wirklich schön zugedeckt. Sogar ein Gute-Nacht-Küsschen hat er bekommen.

Am nächsten Morgen, als ich Peterchen wieder in sein Wasserglas gesetzt habe, schwamm er mit dem Bauch nach oben und regte sich nicht mehr. Da ahnte ich schon, dass mit Peterchen irgendetwas ganz und gar nicht stimmte.

Als Mama dann ins Zimmer kam, um mich zu wecken, hat sich mein Verdacht bestätigt. Oh Mann, hat die geschimpft. Wie ich nur auf die Idee käme, den Fisch mit ins Bett zu nehmen. Fische könnten doch an der Luft nicht atmen, polterte es aus ihr heraus. Ja, jetzt weiß ich das auch. Aber das hätte sie mir wirklich vorher sagen müssen. Ich war ja noch nicht einmal in der Schule. Und überhaupt, was ist das für ein blödes Haustier, mit dem man nicht kuscheln und spielen kann?

Allein der Name war schon doof. Peterchen. Aber gut. Peterchen ist ja nun leider nicht mehr. Peterchen wurde nämlich im

Klo beerdigt. Ich hab dann doch ziemlich geheult, aber als Papa mir sagte, dass ich die Klospülung drücken darf, war alles wieder in Ordnung. Da ging Peterchen in einem Wasserstrudel mit etwas Zitronenduft von Mamas WC-Stein von uns.

Für immer.

Das war also der unglaubliche Anfang meiner Haustiergeschichte. Ist nicht so gut gelaufen, was?

Das hat sich Mama wohl auch gedacht. Seitdem lehnt sie

nämlich jeden Haustierwunsch von mir ab. Egal womit ich komme, sie guckt mich immer nur mit diesem mitleidigen Blick an und meint: »Du erinnerst dich doch sicherlich noch an Peterchen? Ich denke, das ist keine gute Idee.«

Klar. Wie könnte ich Peterchen je vergessen, wenn sie immer wieder diese alte Geschichte herauskramt? Ich bin ja jetzt auch keine vier mehr und wenigstens ein bisschen schlauer als damals. Nur scheint sie das irgendwie nicht mitbekommen zu haben. Außerdem ist das nicht gerecht. Ich reibe ihr schließlich auch nicht ständig unter die Nase, was sie schon alles falsch gemacht hat. Und da fällt mir sofort jede Menge ein. Das, was sie mit mir auf dem Spielplatz gemacht hat, war auch nicht gerade in Ordnung.

Ich war gerade mal fünf und leider nicht die Stärkste. Egal. Klettern wollte ich trotzdem und habe mich total mutig an das Hangelgerüst gewagt. Also so ein Ding, wo man in der Luft hängt, sich krampfhaft versucht festzuhalten, um dann auch noch, wie ein Affe, von einer Stange zur nächsten zu hangeln. Jedenfalls hing ich da, und wie sollte es anders sein, irgendwann ging mir eben die Puste aus. Also rief ich nach Mama, die gerade dabei war, meiner kleinen Schwester Ida das Fläschchen zu geben. Doch anstatt dass sie den Turbo einlegte und zu mir herüberhechtete, um mich vor dem harten Aufschlag zu bewahren, rief sie mir zu: »Halt dich fest! Versuch es noch kurz. Ich füttere gerade Ida. Geht ganz schnell!«

Wie schnell es ging, habe ich kurz darauf schmerzlich erfahren. Es tat weh, sehr weh, als mein Kinn Bekanntschaft mit dem Steinboden unter mir machte. Und geblutet hat das, wie verrückt. Der Tag auf dem Spielplatz war für mich gelaufen. Und die Nummer mit dem Klettergerüst? Auf ewig gestorben.

Aber hat Mama deswegen Ärger bekommen?

Nein!

Durfte sie deswegen nie wieder mit mir auf dem Spielplatz spielen?

Auch nein!

Ist das gerecht?

Also wenn ich so überlege – ganz glasklar NEIN!

Naja, ich habe es jedenfalls überlebt. Vielleicht ist das der große Unterschied. Peterchen hat es leider nicht geschafft. Egal, ich möchte mich noch nicht geschlagen geben und verkünde hiermit, dass ich eines Tages ein Haustier haben werde. So!

Das sage ich nicht nur so. Auf keinen Fall. Wenn ich es nicht bis zu den Herbstferien schaffe, esse ich ein Jahr lang keine Süßigkeiten mehr. Das wäre eine echt höllische Strafe für mich! Schließlich bin ich die größte Naschkatze in der ganzen Familie, abgesehen vielleicht von Oma.

Aber Mama sagt immer: »Wenn du etwas wirklich willst, dann bekommst du es auch.«

Und eines weiß ich ganz genau: Ich will ein Haustier haben! Es ist also alles nur eine Frage der Zeit. Und man sollte vielleicht einen Plan haben, damit auch alles klappt. Ja, genau! Einen richtig coolen Plan!

2. Kapitel

Guck mal, wie niedlich!

Das mit dem Plan ist auch nicht nur so dahergesagt. Ich habe wirklich einen.

Also aufgepasst: Ok. Ich habe mir gedacht, dass es doch eigentlich ganz schlau wäre, mit Mama und meiner kleinen Schwester Ida mal in die Zoohandlung zu gehen. Dort gibt es so viele Tiere, und vor allem Tierbabys, dass meine Mutter bei irgendeinem Tierchen einfach weich werden muss. Ida habe ich natürlich als Geheimwaffe eingeplant. Sie ist bestimmt die Erste, die auch ein Haustier möchte. Und dann hat unsere Mutter sowieso keine Chance mehr. Ida ist nämlich ein echter Dickkopf. Sie ist gerade einmal fünf, aber wenn Ida etwas nicht bekommt, was sie unbedingt will, ist man lieber nicht in ihrer Nähe. Wobei ich zugeben muss, dass ich auch ein ziemlicher Dickschädel sein kann. Egal. Die Nummer mit dem sich auf den Boden schmeißen und dabei herumstrampeln und schreien wie wild habe ich nie so gut hinbekommen wie meine kleine

Schwester. Die geht aber auch nur, wenn man klein ist. Als fast Elfjährige – ich feiere schließlich in drei Monaten schon wieder Geburtstag, und da ist die zehn echt von gestern – sieht man da eher doof aus und erreicht gar nichts.

Dafür kann ich Pläne schmieden, das ist sowieso viel cooler. Es kann also eigentlich nichts schiefgehen. Ein perfekter Plan, sozusagen. Jetzt muss ich nur noch Mama dazu bringen, mit uns in die Zoohandlung zu gehen, und dann habe ich auch schon fast mein Haustier.

Nachdem ich meine Hausaufgaben erledigt habe (bis auf die eine Matheaufgabe, die war mir zu blöd), gehe ich zu Mama in die Küche. Sie backt gerade einen Erdbeerkuchen. Einfach so, weil wir den alle so mögen. Da bekomme ich beinahe ein schlechtes Gewissen und will schon wieder gehen, als sie mich fragt: »Was möchtest du denn, Zoë?«

Ich druckse kurz herum und schieße dann damit hervor. »Mama, fährst du mit uns in die Zoohandlung? Ich würde mir so gern ein paar kleine Häschen anschauen.«

Sie guckt mich mit einer nach oben gezogenen Augenbraue an. »Wieso denn das? Gibt es dafür einen speziellen Anlass?«, fragt sie mich. Ahnt sie, was ich da plane?

»Nö, einfach nur so«, lüge ich und gucke schnell in die Schüssel mit der geschlagenen Sahne, damit sie nicht sehen kann, dass ich rot werde. Das ist echt blöd bei mir. Immer wenn ich lüge, bekomme ich so rote Flecken auf den Wangen. Das hat mir schon viel Ärger eingebracht. Gut lügen zu können, ist als Kind echt lebensnotwendig, eigentlich sogar überlebenswichtig.

Zum Beispiel als ich die Vase zerschossen habe, die Mama von meiner Oma zu Weihnachten bekommen hat. Dabei mochte Mama die Vase gar nicht. Sie fand sie stinkehässlich. Aber klar, wenn Oma gerade bei Kaffee und Kuchen bei uns im Wohnzimmer sitzt, gibt Mama so was nicht gerne zu.

Jedenfalls hatte ich mit meiner kleinen Schwester im Flur Ball gespielt. Das hatte meiner Mutter ja schon von vorn herein nicht gepasst. Aber da Oma meinte: »Nun lass die Kinder doch spielen«, hat sie uns machen lassen.

Umso größer das Theater, als es dann passierte. Sie ist so schnell von ihrem Sessel hochgeschnippt, so schnell konnte ich gar nicht gucken. Ida hat sich, schlau wie sie ist, blitzschnell in ihr Zimmer verkrümelt. Wenn es drauf ankommt und nach Ärger stinkt, macht sie sich immer unglaublich flink aus dem

Staub. Toll. Da stand ich dann mit dem Ball in der Hand und der zerbrochenen Vase zu meinen Füßen. Mama, mit ziemlich wütendem Blick über mir, meinte sofort: »Siehst du! Das habe ich doch schon geahnt. Genau deswegen sollt ihr im Haus nicht Ball spielen. Kannst du nicht einmal hören!«

Ja, Mama und ihre Ahnungen. Wenn sie wirklich immer alles im Voraus wüsste, warum hat sie dann die Vase nicht einfach weggestellt? Dann hätte ich sie nicht kaputt schießen können, und Mama hätte nicht mit mir schimpfen müssen. Aber anstatt das zu sagen, stammelte ich: »Aber das war doch nicht mit Absicht. Und überhaupt hat Ida die Vase zerschossen und nicht ich.«

Kaum hatte ich das gesagt, stand Ida neben mir, um ihre Haut zu retten. »Das stimmt doch gar nicht. Du hast...«

In dem Moment verpasste ich ihr einen ordentlichen Kniff in die Seite, damit sie einfach mal still war. Ich wusste schon aus Erfahrung, dass ihre Strafen immer viel geringer ausfallen als meine.

Doch zu spät. Mama hatte es gesehen. »Sag mal, Zoë, lügst du jetzt auch noch?«

Ich guckte sie an und schüttelte den Kopf, in der Hoffnung, dass mein Körper dies nicht als Lüge ansehen und daher die roten Flecken wegbleiben würden. Umsonst. Ich spürte förmlich, wie die Flecken auf meinen Wangen aufleuchten.

»Zoë?!«, versuchte meine Mutter mich zu ermahnen und ich wusste wieder einmal nicht, wo ich zuerst hingucken sollte. Nur eins, das zahle ich Ida heim.

»Das gibt eine Woche Hausarrest«, kam es meiner Mutter locker flockig über die Lippen. Mist, schon wieder.

Doch zurück zu meinem Plan. Ich stehe also mit Mama in der Küche und warte auf ihre Antwort. Und siehe da: »Ja, warum eigentlich nicht«, sagt sie und lächelt mir zu. Ich muss zugeben, ich bin zunächst etwas überrascht. Das war wirklich verdammt einfach, vielleicht etwas zu einfach.

Um sicherzugehen, dass der Plan mit der Zoohandlung nicht schiefgeht, laufe ich freudestrahlend aus der Küche. »Oh cool«, rufe ich meiner Mutter noch zu, »dann sag ich schon mal Ida Bescheid, die wird sich sicher auch freuen.«

Und weg bin ich. Nur schnell in Idas Zimmer und die frohe Nachricht verkünden. Bevor es sich Mama noch einmal anders überlegt. Ich nehme zwei Stufen auf einmal und stehe vor Idas Zimmertür. Vorsichtig klopfe ich an.

»Herein!«, piepst es von drinnen. Ich muss dazu sagen, ich verfalle immer in eine eigenartige Starre, wenn ich Idas Zimmer betrete. Inzwischen weiß ich, dass das an dem hohen Anteil von Schweinchenrosa und Quietschepink liegt. Das ist derart grell und grässlich, dass ich mich für einen Moment nicht mehr bewegen kann. Genau wie jetzt.

Ida guckt mich an, während sie immer noch ihre Puppi am Hals fest umklammert hält: »Was ist denn?«

Ich löse mich aus meiner Starre und verkünde: »Ich wollte dir nur sagen, dass wir was ganz Tolles machen.«

»Was denn? Was denn?«, will Ida wissen und hüpft vor

Aufregung durchs Zimmer, die Puppi immer noch im Würge-
griff.

»Wir gehen in die Zoohandlung. Kleine Häschen und Meer-
schweinchen anschauen.«

»Au ja. Das ist toll«, kreischt Ida und kann sich gar nicht
mehr beruhigen. Die Puppi lässt sie vor lauter Begeisterung
ruckartig los, sodass diese im hohen Bogen durchs Zimmer
saust und mit einem dumpfen Aufprall an der Fensterscheibe
ihren Flug beendet.

Kurze Zeit darauf ist es so weit. Wir fahren in die Stadt zur
Zoohandlung in der Marktstraße. Ich kann noch gar nicht glauben, dass ich es schon bis hierhin geschafft habe. Jetzt dauert es
gewiss nicht mehr lange und ich habe ein neues Haustier.

Endlich. Ich bin an dem Ort, der meinen größten Wunsch in
Erfüllung gehen lassen kann. Dabei weiß ich noch gar nicht so
genau, was für ein Haustier ich möchte. Vor lauter Pläneschmie-
den habe ich diesen wichtigen Teil irgendwie vergessen. Macht
nichts, das findet sich schon.

Kaum haben wir die Eingangstür hinter uns zufallen lassen,
stürmt Ida auf die Häschen zu. »Oh, wie niedlich! Schau mal
Mama. Das hat ja eine weiße Nase.« Dabei kichert sie so niedlich hinter vorgehaltener Hand, dass ich sie schon wieder knuddeln könnte. So nervig kleine Schwestern sein können, besonders
wenn es solche Petzen sind wie Ida, irgendwie muss man sie
einfach lieb haben.

Mama kniet sich neben Ida und zusammen bestaunen sie die

kleinen Hasen. Ein Häschen ist doch nicht verkehrt für den Anfang, denke ich mir und gehe zu ihnen. Es dauert nicht lange, da kommt auch schon eine Verkäuferin.

»Na, gefallen die euch«, fragt sie und freudestrahlend antworten Ida und ich wie aus einem Mund: »Ja, total!«

Das ist wohl der Augenblick, in dem meine Mutter ahnt, dass an der Situation irgendetwas nicht stimmt. Ja, dass diese ihr sogar gefährlich werden könnte. Doch Ida hat genau jetzt, wie erhofft, angebissen.

»Ich möchte den kleinen braunen da mit dem weißen Fleck auf der Nase«, läutet ihre glockenhelle Stimme durch den Laden.

»Ja, der ist wirklich hübsch«, zwitschert die Verkäuferin zurück. Oh, bin ich über dieses Gespräch froh. Das läuft wie geschmiert. Einfach perfekt.

»Hat der schon einen Namen?«, will Ida von der Verkäuferin wissen.

»Nein, den kannst du selber aussuchen«, antwortet diese.

»Mama, bekomme ich den?«, meint Ida in zuckersüßem Ton und schaut meine Mutter mit ihren großen braunen Augen an.

»Ein anderes Mal, Ida. Heute schauen wir nur.«

Ups. Keine gute Idee, denke ich mir. Und ich weiß, dass ich auf Ida zählen kann.

»Aber das Häschen ist so süß«, gibt Ida zu bedenken.

»Sicher. Trotzdem werden wir es heute nicht mitnehmen«, sagt meine Mutter bestimmt.

»Ich will es aber haben!« Dabei stampft Ida mit ihren kleinen Füßchen auf.

»Nein, Ida. Ich werde es dir nicht kaufen.« Und ich höre der Stimme meiner Mutter an, dass sie bereits jetzt genervt ist. Ida fackelt nicht lange. Meine Mutter hatte ihre Chance und sie hat sie nicht genutzt. Pech gehabt.

In Sekundenschnelle schmeißt sich Ida auf den Boden, stram-

pelt mit Armen und Beinen und schreit lauthals: »Ich will das Häschen haben! Ich will das Häschen haben!«

Genau so habe ich mir das vorgestellt. Ich finde, mein Plan ist einfach genial. Aus der Sache kommt Mama, ohne als Rabenmutter dazustehen, nicht mehr heraus. Außer, sie kauft Ida das niedliche Häschen. Mit einem leicht verkrampften Lächeln auf den Lippen versucht Mama die Situation irgendwie zu retten.

»Kinder«, sagt sie zu der Verkäuferin, die schon langsam den Rückzug antritt, um der unangenehmen Lage zu entgehen. Ida lässt sich von all dem gar nicht ablenken. Sie schreit und strampelt einfach weiter. Und da kommt es knüppeldicke.

»Ida«, meint meine Mutter auf einmal in ruhigem Ton. »Du hast doch bald Geburtstag.«

Ida unterbricht ihr Theater: »Bekomme ich dann das Häschen?«

»Nein«, meint meine Mutter, woraufhin Ida gleich wieder loslegen will. »Aber du wünschst dir doch den wunderschönen Puppenwagen für deine Puppi. Oder?«, fragt Mama, als kenne sie die Antwort nicht. Ida nickt. »Na, wenn du jetzt lieb bist, bin ich mir ganz sicher, dass du ihn auch bekommst.«

»Wirklich?« Und dabei schnippt Ida so schnell vom Boden hoch, dass sie mit ihrem Kopf gegen mein Kinn knallt und mir meinen offen stehenden Mund zuschlägt.

Ich glaube es nicht. Wie konnte das passieren? Wie konnte ich diesen wichtigen Punkt bei meiner Planung vergessen? Ida hängt überglücklich an der Hand meiner Mutter und hat die

Zoohandlung beinahe schon verlassen. Nur wegen eines blöden Puppenwagens! Mit dem spielt sie nach zwei Wochen sowieso nicht mehr. Ich fasse es nicht.

»Lasst uns ein Eis essen gehen«, lockt uns Mama endgültig aus dem Geschäft.

Die erste Runde habe ich dann wohl verloren. Aber ich verspreche, dass ich so leicht nicht aufgeben werde. Kein Plan funktioniert auf Anhieb. Klar. Der war noch nicht ausgereift. Aber gut. Dann muss ich eben noch ein bisschen weitertüfteln. Gar kein Problem! Wäre ja auch echt zu langweilig sonst.

3. Kapitel

Frauchenloser Hamster sucht ...

Fast jeder in meiner Klasse hat irgendein Haustier, nur ich eben nicht. Vielen Dank auch, Peterchen. Ella, meine beste Freundin, hat einen Hamster. Einen Goldhamster. Sagt sie jedenfalls, ich habe ehrlich gesagt keine Ahnung, ob das stimmt, aber das ist ja auch schnuppe.

Aber das Wichtige kommt jetzt: Ella und ihre Eltern wollen nämlich in den Sommerferien verreisen. Zwei Wochen nach Griechenland. Nicht nur, dass Ella ein Haustier hat, ihre Eltern machen auch immer die besten Urlaube. Naja, eigentlich ist fast jeder Urlaub besser als wandern im Allgäu. Aber das soll mal jemand meinen Eltern klarmachen.

Das Problem ist nun, dass sie den Hamster natürlich nicht mitnehmen können. Obwohl Ella das natürlich am liebsten gemacht hätte. Also wohin mit dem kleinen Kerl? Dazu muss man wissen, Ella liebt ihren Hamster Lissy über alles. Deswegen würde sie ihn nie einfach so irgendjemandem geben. Aber ich bin ja nicht irgendjemand. Schließlich bin ich ihre beste Freundin! Und ein Haustier will ich auch schon seit Ewigkeiten haben. Da denke ich mir, dass das meine Chance ist. Mit Lissy könnte ich beweisen, dass ich sehr wohl in der Lage bin, mich um ein Tier zu kümmern. Und ich würde es richtig gut machen, da bin ich mir absolut sicher.

Ich überlege nicht lange und biete Ella einfach an, auf ihren Hamster Lissy aufzupassen. Ich muss ihr hoch und heilig versprechen, ihn zu hüten wie meinen Augapfel. Aber das schaffe ich. Ich meine, das ist doch nur ein kleiner Hamster. Was soll da schon passieren?

Allerdings bin ich dann doch ganz schön überrascht, was man alles für so ein kleines Ding braucht! Ella gibt mir auch noch eine Grundeinführung in die Hamsterhaltung. Käfig reinigen, Futter nachfüllen, Trinken täglich neu befüllen und und und …

Nach einer halben Stunde, die sich anfühlt wie eine Woche, bin ich also auf dem Laufenden, was die Pflege eines so winzigen Dingelchens wie eines Hamsters angeht. Ich wage es gar nicht, mir auszumalen, wie es wohl bei einem größeren Tier gewesen wäre. Nun ja, ich nehme auch mal an, dass Ella es da etwas übertreibt mit der Haustierliebe. Ich werde schon meinen eigenen Weg finden. Wenn ich mir den Hamster Lissy so betrachte, wundert es mich jetzt auch nicht mehr, dass er breit wie hoch ist. Bei den Futterbergen, mit denen er täglich zugeschüttet wird, muss das arme Lissylein ja aufgehen wie ein Luftballon. Aber das bekomme ich schon in den Griff.

Wir tragen also die ganze Hamsterausrüstung, samt Lissy, versteht sich, zwei Straßen weiter zu mir nach Hause. Ich muss dazusagen, dass ich meinen Eltern noch nichts davon erzählt habe. Ich dachte mir, sie vor vollendete Tatsachen zu stellen, sei das Beste. Denn wenn Ella dabei ist, können sie wohl kaum Nein sagen. Wir laufen also voll bepackt bei uns ein und treffen auch sogleich auf meine Mutter. Hinter all dem Futter und den

anderen Kartons, die ich auf dem Arm habe, kann ich sie nicht sehen. Aber umso besser hören.

»Was soll denn das werden, Zoë?«, fragt sie und ich kann mir den Gesichtsausdruck, den sie dabei macht, nur allzu gut vorstellen. Sie hat mit Sicherheit die Arme verschränkt und ihre linke Augenbraue bis zum Anschlag hochgezogen. Ja, ich kenne die Mimik meiner Mutter, aber ich hatte jetzt auch lange genug Zeit, sie zu studieren.

»Ach, habe ich dir das nicht erzählt?«, frage ich, während die sich anbahnenden roten Flecken hervorragend hinter den Kisten versteckt bleiben. Ella steht nur ratlos neben mir und guckt mit Lissys Käfig in der Hand erst mich und dann meine Mutter an.

»Nein, hast du nicht. Aber ich bin ganz Ohr.« Einer von Mamas Lieblingssprüchen, wenn sie schon weiß, dass etwas ausgefressen wird. Ich räuspere mich und überlege währenddessen, wie ich es am besten sage. Da schaltet sich Ella unverhofft ein.

»Oh, das tut mir schrecklich leid, Frau Schönfeld. Ich dachte, Sie wüssten bereits Bescheid.« Ella hat manchmal eine Art, sich auszudrücken, dass man glauben könnte, sie sei schon dreißig und habe einen Stock verschluckt. Aber irgendwie steht meine Mutter da drauf. Und um ehrlich zu sein, ist es auch echt clever von Ella, denn so wickelt sie die meisten Erwachsenen perfekt um den Finger. Blöd nur, dass mir keiner so eine Nummer abnehmen würde. Ella ist einfach die Nettere von uns beiden.

»Zoë hat mir angeboten Lissy zu pflegen, solange ich mit meinen Eltern verreist bin«, fährt Ella fort.

»So? Hat sie das?« Mama schaut mich etwas skeptisch an und ich verstecke mich erneut hinter den Kisten.

»Ja. Das ist so lieb von ihr, denn wir hätten sonst nicht gewusst, wohin mit Lissy. Es sind auch nur zwei Wochen, dann hole ich ihn wieder ab.«

»Na gut«, sagt meine Mutter und atmet dabei ganz langsam aus. »Dann bringt die Sachen mal in Zoës Zimmer.«

Ich fühle mich wie im siebten Himmel. Toll. Jetzt kann ich endlich zeigen, dass ich eine ausgezeichnete Tierpflegerin bin.

Als wir gerade die Treppe hinaufgehen, fällt meiner Mutter noch etwas ein: »Ach, Zoë?«

»Ja, Mama?«

»Du weißt aber, dass du dich dann auch ordentlich und vor allen Dingen alleine um Ellas Hamster kümmern musst.« Sie schaut mich prüfend an und ich kann mein breites Grinsen nicht mehr zurückhalten.

»Ja, klar. Danke, Mama.« Sage ich und springe Ella hinterher. Im Zimmer angekommen, lade ich erst einmal alles mit einem riesigen Rums ab. Gott, ist das alles schwer. Anschließend suchen Ella und ich ein geeignetes Plätzchen für den Käfig. Ich schlage den Platz auf meiner Kommode vor und Ella findet ihn nach fachmännischer Inspektion meines Zimmers auch den besten Platz im Raum.

»Meinst du, es ist wirklich ok, wenn Lissy die zwei Wochen bei euch bleibt?«, fragt Ella auf einmal besorgt.

»Logisch«, klopfe ich ihr auf die Schulter. »Mach dir keine Sorgen. Alles in Butter.«

Triumphierend stehe ich im Zimmer und schaue zu, wie Ella sich mit tausend Küsschen von ihrem Lissy verabschiedet. Man kann es echt übertreiben, finde ich. Mensch, in zwei Wochen hat sie ihn ja wieder und sie tut gerade so, als hätte sie sein Todesurteil unterschrieben. Als Ella endlich mit ihrem Verabschiedungsritual fertig ist, das Lissy zum Glück heil und nicht zu Tode geküsst übersteht, gehen wir nach unten. Ella will sich noch kurz bei meiner Mutter bedanken, bevor sie nach Hause muss, um ihre restlichen Sachen für den Urlaub zu packen.

»Danke, Frau Schönfeld, dass mein Lissy bei Ihnen bleiben darf«, gluckst es aus ihr heraus und ich habe schon Angst, dass sie jetzt gleich zu heulen anfängt. Also schiebe ich sie schnell Richtung Tür, bevor die Situation aus dem Ruder läuft.

An der Tür fällt mir Ella plötzlich schluchzend um den Hals. »Du bist echt eine tolle Freundin, Zoë. Pass gut auf ihn auf. Ja?«

Ich nicke nur, unfähig auf eine derartig übertriebene Abschiedsszene zu reagieren, gebe mir dann aber einen Ruck und umarme Ella. Irgendwie tut sie mir fast leid, ich weiß ja, wie sehr sie an dem kleinen Ding hängt. Mama scheint dies aber irgendwie auch nahezugehen, denn sie legt beruhigend ihre Hand auf meine Schulter. Also lasse ich sie in dem Glauben und

flüchte schnell in mein Zimmer, um meiner neuen Aufgabe nachzugehen.

Für die zwei Wochen, in denen Lissy bei mir ist, habe ich mir vorgenommen, etwas an seiner Fitness zu arbeiten. Ich meine, so fett wie das arme Ding ist, kann das Leben als Hamster doch keine Freude sein. Also stelle ich kurzerhand einen Fitnessplan zusammen, wie ich es bei Papa schon einmal gesehen habe.

Ich muss recht schnell feststellen, dass es nicht so einfach ist, mit einem Hamster Sit-ups zu machen. Oder ihn dazu zu bewegen, speziell in Hamstergröße gebastelte Hanteln zu stemmen. Ich gehe also dazu über, Lissy einen kleinen Parcours zu bauen und einfach seine Ausdauer zu trainieren. Ich muss ihn ja nur dazu bekommen, möglichst viel und möglichst schnell zu laufen, dann sollte sich sein Gewichtsproblem im Nu in Luft auflösen. Bei Mama klappt das jedes Jahr im Frühjahr so, wenn sie auf ihre Bikinifigur hinarbeitet. Sie ist zwar meistens ziemlich mies gelaunt zu der Zeit, aber ich denke, dass liegt daran, dass sie einfach zu wenig Schokolade, Eis, Lollis und all die anderen lebenswichtigen Sachen isst.

Nun gut. Ich trainiere also mit Lissy, und um ihn ein bisschen anzuspornen, lasse ich eine meiner kleinen Glasmurmeln hinter ihm her rollen. Ehrlich, seit die Murmel mit im Spiel ist, läuft er fast doppelt so schnell. Es geht doch nichts über ein klein wenig Konkurrenz. Nur gut, dass Lissy nicht der Schlauste ist. Sonst hätte er schon bemerkt, dass er gegen die Kugel ohnehin nicht gewinnen kann.

Irgendwie ist es echt putzig ihm zuzuschauen, wie er hastig um eine Kurve nach der anderen trippelt. Ich erwische mich dabei, dass ich ihn auf einmal unglaublich niedlich finde und ihn am liebsten knuddeln würde. Aber ich möchte ja nicht so albern wie Ella sein, also konzentriere ich mich rasch wieder auf meine Aufgabe als Lissys Fitnesstrainer.

Lissy rennt und rennt. Also Ausdauer hat das Kerlchen. Komisch, dass er trotzdem so fett ist. Irgendwann wird Lissy langsamer. Ich versuche ihn noch einmal mit der Glaskugel auf

Trab zu bringen. Nichts. Lissy ist am Ende. Wie um es mir ausdrücklich zu zeigen, fällt er plötzlich auf die Seite und läuft überhaupt nicht mehr. Auch auf mein sanftes Stupsen will er nicht reagieren. Na gut, denke ich mir. Dann soll das für heute genügen und lege ihn in seinen Käfig auf ein gemütliches Häufchen Heu, das Ella vorhin extra noch liebevoll zusammengewurschtelt hat.

»Abendessen«, höre ich Mama durch die verschlossene Zimmertür. Super! Heute ist Schnitzeltag. Mit Überlichtgeschwindigkeit bin ich unten in der Küche am Tisch und schnappe mir das oberste Schnitzel.

»Ich habe gehört, du pflegst Ellas Hamster«, meint Papa sichtlich erfreut zu mir.

»Ja«, antworte ich, den Mund voll mit leckerem Schnitzel.

»Und? Wie läuft es so?«, will Papa wissen.

»Oh, gut«, antworte ich mit einem zufriedenen Grinsen. »Ich habe gerade mit seinem Training angefangen.«

»Hmm. Wieso das denn?«, schaltet Mama sich von der Seite ein.

»Na, hast du nicht gesehen, wie dick der Kleine ist? Der muss dringend ein bisschen Sport machen.«

Papa lacht und Mamas Blick entnehme ich, dass sie nicht recht weiß, ob sie lachen darf oder nicht. Sie ist nämlich wieder mal auf Diät.

»Aber du weißt, dass du da vorsichtig sein musst«, warnt Papa.

»Wieso?«

»Naja, Hamster können nicht schwitzen und bekommen daher leicht einen Hitzschlag.«

»Oh!«, mache ich und ahne Schreckliches. »Können die daran sterben?«

»Ja klar. Deswegen sag ich dir das ja«, antwortet Papa, während er das nächste Stück Schnitzel in seinem Mund verschwinden lässt.

»Verstehe.« Ich zögere. »Und woran merkt man das?«

»Tja, sie fangen an zu taumeln und fallen dann meist auf die Seite.«

»Und was kann man dagegen tun?«, frage ich und versuche mir nicht anmerken zu lassen, dass ich glaube, ein Problem oben im Käfig in meinem Zimmer liegen zu haben.

»Wenn du sie nicht schnell kühlst, nichts mehr, weil sie dann hinüber sind.«

Mist! Ich habe es geahnt. Ich habe wirklich ein Problem oben in meinem Zimmer im Hamsterkäfig liegen. Ein riesiges Problem, um genau zu sein. Ich stecke mir schnell ein Stück Schnitzel in den Mund, um nichts sagen zu müssen.

»Ich kann ihn mir ja mal ansehen, wenn du möchtest«, meint Papa.

»Nicht nötig. Er schläft gerade«, entgegne ich schnell. Bloß nicht. Das entwickelt sich hier ja im rasenden Tempo zur Ultrakatastrophe. Wie erkläre ich das Ella?

Hallo Ella. Schön, dass du wieder da bist. Lissy geht es gut. Ach, er ist jetzt bei seiner Omi und all seinen anderen Verwandten. Kein

Grund, sich zu sorgen. Ich habe dir doch versprochen, dass ich mich gut um ihn kümmere.

Ich sehe schon vor meinem inneren Auge, wie Ella mir an die Gurgel springt.

Nein! So werde ich es wohl nicht sagen können. Ich muss mir etwas anderes ausdenken.

Nach dem Essen gehe ich in mein Zimmer und schaue noch einmal im Käfig nach. Vielleicht habe ich ja Glück und Lissy schläft tatsächlich nur. Vorsichtig stupse ich den kleinen Hamster mit meinem Zeigefinger an. Lissy rollt ziemlich steif hin und her. Lebendig sieht das nicht aus. Ich nehme ihn aus dem Käfig und horche, ob er noch atmet. Nichts. Das ist nicht mein Tag. Da klopft es an meiner Tür. Ich lege Lissy schnell in den Käfig zurück und lande mit einem Satz in meinem Bett. Da öffnet sich auch schon die Tür einen Spalt breit und Mama lugt herein.

»Ah, du liegst schon im Bett.«

»Ja. Ich bin total müde heute.«

Sie setzt sich an meine Bettkante und streicht mir über die Haare. Mann, das kann sie einfach nicht lassen.

»War ja auch ein aufregender Tag für dich.«

Ich mache schnell die Augen zu, um das Gespräch zu beenden und sie aus meinem Zimmer zu bekommen. Nicht, dass sie noch auf die blöde Idee kommt, nach dem verflixten Hamster zu schauen. Wenigstens dieses Mal habe ich Glück und atme tief durch, als meine Mutter die Zimmertür hinter sich schließt.

Es ist unglaublich, aber wahr, die besten Ideen kommen einem im Schlaf, wenn man träumt. Jedenfalls ist es dieses Mal so. Ich habe von der Zoohandlung geträumt und mir war sofort klar, was mir mein Traum damit sagen will.

Ich bin also direkt nach dem Frühstück mit meinem Fahrrad in die Stadt gedüst. Mama habe ich mein eigentliches Ziel verschwiegen, um nicht in Erklärungsnot zu kommen. Stattdessen habe ich vorgegeben, ein bisschen durch die nahe gelegenen Felder radeln zu wollen. Lissy habe ich, in ein Taschentuch gepackt, in meine Satteltasche gezwängt, und los geht es.

Beim Laden angekommen, stelle ich mein Rad ab und öffne vorsichtig die Tür. Mir ist ein bisschen komisch in der Magengrube, da ich nicht weiß, wie ich das heil überstehen soll. Schließlich werde ich gleich wieder der netten Verkäuferin gegenüberstehen, die absolut tierlieb ist und eine Tiermörderin wie mich nicht besonders mögen wird.

Kaum gedacht, steht sie auch schon mit ihrem freundlichen Lächeln vor mir. »Na, bist du hier, um dir doch noch eines der Häschen auszusuchen?«, fragt sie. Ich schüttle den Kopf, unfähig, etwas Sinnvolles von mir zu geben.

»Nicht? Was führt dich dann zu mir?«

Komisch. Woher weiß sie, dass ich zu ihr will und nicht etwa zu dem Käfig mit den Ratten? Warum muss sie mich dann überhaupt noch fragen, was ich will, wenn sie ohnehin schon alles zu wissen scheint. Ihr Blick verrät mir, dass sie nicht alles weiß und auf meine Antwort wartet. Und ich weiß immer noch nicht, wie ich die Sache erklären soll, und strecke ihr einfach meine Hände entgegen, in denen ein Taschentuchknäuel liegt.

»Aha. Und was hast du da?« Ohne meine Antwort abzuwarten, wickelt sie Lissy aus. Sie ist geschockt. Das sehe ich sofort an ihren Augen, die wie verrückt zwischen mir und Lissy hoch und runter wandern.

»Ich brauche einen neuen«, bringe ich über die Lippen.

»Verstehe«, ist alles, was ich als Antwort erhalte. So jetzt ist es raus, denke ich. Jetzt hält sie mich für einen schlechten Menschen, der arme, wehrlose Tiere zu Tode quält. Aber so bin ich doch nicht. Da quillt es wie ein Sprudel, der nicht aufzuhalten ist, aus mir heraus.

»Das war keine Absicht, müssen Sie wissen. Ich wollte ihn nur ein bisschen fit machen und auf einmal …«

»Du brauchst es mir nicht zu erklären«, unterbricht sie mich mit einer sanften Geste. »Ich bin mir sicher, dass das ein Unfall war.« Und ich denke mir nur, wie kann ein Erwachsener nur so nett und verständnisvoll sein. Diese Verkäuferin müsste sich dringend einmal mit meinen Eltern unterhalten. Mein Leben wäre danach sicherlich ein völlig neues, fantastisches, überglückliches Dasein. Doch das wird wohl ein ewiger Wunschtraum bleiben. Daher widme ich mich erst einmal meinem aktuellen Problem.

Über den Glaskäfig gebeugt, halte ich nach einem Hamster Ausschau, der Lissy zum Verwechseln ähnlich sieht. Allerdings sieht da wirklich keiner dem anderen ähnlich, jedenfalls was die Fellfärbung betrifft.

»Wissen Sie, ich brauche einen, der genauso aussieht wie Lissy«, erkläre ich der netten Verkäuferin.

»Der gehört nämlich eigentlich meiner Freundin Ella und ich sollte nur so lange auf ihn aufpassen, bis sie wieder aus dem Urlaub zurück ist.«

»Das wird schwierig«, bekomme ich darauf zu hören. Ja, das habe ich selber schon gesehen. Aber ich habe ehrlich keine Wahl. So oft wie Ella das kleine Vieh schon geknuddelt und geknutscht hat, kennt die jedes einzelne Haar an dem.

»Schau mal«, unterbricht die Verkäuferin meinen Gedankengang, »der da passt ziemlich gut. Findest du nicht?« Sie hebt ihn vorsichtig auf und ich halte den steifen Lissy zum Vergleich daneben.

»Ja. Nur hat er keinen weißen Fleck auf der Nase wie Lissy«, gebe ich zu bedenken.

»Das stimmt. Aber einen passenderen Hamster habe ich leider nicht für dich.«

Das sehe ich ein und krame mein Taschengeld heraus. Für den weißen Fleck finde ich auch noch eine Lösung. Schließlich bin ich nicht auf den Kopf gefallen. Und bisher lief auch alles wie am Schnürchen. Als ich gerade gehen möchte, fragt die Verkäuferin mich auf einmal: »Sollen wir den Hamster deiner Freundin noch gemeinsam begraben?«

Damit habe ich nicht gerechnet und bin verwirrt. Ich zögere einen Augenblick und nicke dann. Ich habe das Gefühl, Lissy wenigstens das schuldig zu sein, und ein wenig auch Ella, die hoffentlich nie erfahren wird, wo ihr echter Lissy abgeblieben ist.

Wir gehen zusammen in den Hinterhof des Hauses und bleiben an einem Blumenbeet stehen. Die Verkäuferin hebt mit einem kleinen Schäufelchen ein Loch aus und ich lege Lissy sanft hinein. Als wir ihn komplett mit Erde bedeckt haben, stellt die Verkäuferin noch einen schönen Stein auf Lissys Grab. Erst da fällt mir auf, dass das ganze Beet voll mit diesen Steinen ist.

Ich bin also nicht die Erste mit einem solchen Unfall.

4. Kapitel

Es lebe Tipp-Ex!

Heute ist der Tag. Ella ist wieder da und sie erwartet mich in einer halben Stunde samt Lissy bei sich. Ich habe Lissy Nummer 2 natürlich gut auf diesen Tag vorbereitet. Also erst einmal habe ich ihn gefühlte zehn Kilo zunehmen lassen. Dann habe ich versucht ihn auf das Knuddel-und-Knutsch-Konzert von Ella vorzubereiten. Ich muss sagen, ich bin wirklich sehr zufrieden mit mir.

Das Wichtigste ist allerdings der fehlende weiße Fleck auf Lissy Nummer 2's Nase. Dieses Problem habe ich dank eines echt genialen Geniestreichs von der Backe.

Die Idee dazu kam mir, als ich Mama beim Schreiben der Geburtstagskarte für Tante Moni beobachtet habe. Wie es der Zufall will, nein, eigentlich kann das kein Zufall gewesen sein, aber egal. Jedenfalls hat sich Mama verschrieben. Und das mit ihrem tollen Kalligrafie-Füller mit schwarzer Tinte. Pech, dachte ich mir, meinen Tintenkiller brauchst du gar nicht erst auszuprobieren. Die Karte ist im Eimer. Falsch gedacht. Da hat Mama doch tatsächlich noch ein Ass aus dem Ärmel gezaubert. Ich wunderte mich, warum sie so seelenruhig ins Büro wackelte, doch schon zwei Sekunden später sah ich das Tollste, was ich je zu sehen geglaubt habe: Einen Tipp-Ex-Stift. Mama schmierte den einfach über das missratene Wort und schwuppdiwupp war es unter einer Schicht weißer Farbe verschwunden.

Der Moment der Erleuchtung dauerte nicht lange und ich wusste, dass ich genau so einen Stift brauche. Dringend! Gestern Abend bin ich dann vor dem Zähneputzen rasch ins Büro geschlichen und habe ihn mir gesichert.

Jetzt sitze ich mit Zahnbürste und Tipp-Ex bewaffnet vor Lissy Nummer 2. Die Verschönerung kann beginnen. Vorsichtig verteile ich die Tipp-Ex-Farbe auf den Härchen. Jetzt darf mich bloß keiner dabei erwischen, sonst bin ich geliefert. Sicherheitshalber klemme ich meinen Stuhl unter die Türklinke, um es möglichen Eindringlingen unmöglich zu machen, mich zu stören. Nur wenige Minuten später wird meine Vorsichtsmaßnahme belohnt. Ida versucht in mein Zimmer zu kommen und beschwert sich lauthals, als sie die Türe nicht aufbekommt.

»Zoë, lass mich rein«, fordert sie. Ich muss sie schnell wieder loswerden, bevor Mama auch noch vor der Tür auftaucht. Schließlich habe ich etwas wirklich Wichtiges zu erledigen. Ich muss aus Lissy Nummer 2 Lissy Nummer 1 machen und das in weniger als einer halben Stunde.

»Das geht jetzt nicht, Ida. Ich habe zu tun«, rufe ich zurück.

»Was machst du denn?« Hätte ich mir ja denken können, dass meine kleine neugierige Schwester nicht so einfach das Feld räumt.

»Ich mache Lissy noch ein bisschen hübsch. Ich muss ihn gleich Ella zurückgeben.«

»Oh toll! Kann ich da mitmachen?« Na klar, wo will Ida auch mal nicht mitmachen?

»Nein«, antworte ich möglichst böse.

»Ach bitte, bitte«, dringt es durch die Tür.

»Nein, und jetzt lass mich in Ruhe, sonst schneide ich deiner Puppi die Haare ab.«

»Das machst du doch gar nicht«, ist Ida sich sicher und ich fühle mich genötigt den Druck noch etwas zu erhöhen.

»Doch, ich hole sie mir gleich.« Das hat gesessen. Ich höre, wie Ida mit einem lauten »Mama, Zoë will meiner Puppi die Haare abschneiden« die Treppe hinuntersaust, und es ist still.

Ich atme tief durch. Nun muss ich mich aber beeilen. Vorsichtig arbeite ich weiter an meiner Tipp-Ex-Verschönerung. Leider habe ich die Geduld von Lissy Nummer 2 überstrapaziert und er versucht mir immer wieder abzuhauen. Ich weiß, dass das nicht gerade toll ist, was ich da mache, allerdings ist die Farbe in ein paar Tagen ohnehin wieder ab und Ella wird hoffentlich denken, dass Lissy ein neues Fell bekommen hat.

Geschafft.

Ich gucke mir mein Werk noch einmal genau an und muss zugeben, dass ich überaus zufrieden damit bin. Ich packe schnell alles zusammen, denn ein Blick auf meine Uhr verrät mir, dass ich schon vor zehn Minuten bei Ella hätte sein sollen. Ich schaffe es noch nicht einmal die Treppe hinunter, da läutet es bereits an der Tür.

Mist! Ella!, durchfährt es mich und mein Herz fängt unweigerlich an zu pochen. Hoffentlich geht das jetzt gut. Ida ist schon zur Tür gerannt.

»Hallo Ella«, begrüßt meine Mutter sie, die es auch noch aus dem Büro an die Tür geschafft hat. Als wären da nicht schon genug Leute versammelt.

»Du willst sicherlich deinen Lissy abholen«, fällt Mama Ella, die gerade zum Sprechen ansetzen will, ins Wort.

»Äh ja. Ich dachte eigentlich, dass Zoë ihn mir rüberbringt, aber …«

»Oh. Äh. Naja …«, stottere ich auf der Suche nach einer passenden Erklärung.

»Ach Ella, Zoë musste sich wahrscheinlich nur noch ein bisschen von deinem Lissy verabschieden.« Ich nicke schnell, dankbar darüber, dass Mama die passenden Worte findet, um mir aus der Patsche zu helfen.

»Ach so«, lächelt Ella mir verständnisvoll zu. Ich stehe immer noch mit dem gesamten Hamstergepäck im Flur herum und kann mich irgendwie nicht entscheiden, ob ich es abstellen oder einfach weiter halten soll. Schließlich fasst Ella sich ein Herz und kommt auf mich zu.

»Darf ich?«, fragt sie und nimmt mir den Hamsterkäfig ab.

»Klar«, lächle ich sie an. »Komm, wir bringen ihn schnell zu dir«, schlage ich vor, um dem Knäuel, das sich da im Flur gebildet hat, zu entkommen.

Den ganzen Weg über grüble ich, ob ich Ella den Unfall mit Lissy Nummer 1 gestehen soll. Allerdings beschließe ich, es besser als mein und Lissy Nummer 2's Geheimnis zu behalten.

Und es ist nicht zu fassen. Die Tipp-Ex-Farbe übersteht tatsächlich Ellas Knuddel-und-Knutsch-Konzert. Sie merkt überhaupt nicht, dass sie einen völlig anderen Hamster vor lauter Wiedersehensfreude fast erwürgt.

»Ein bisschen dünner ist er geworden«, schaut sie mich nach einer halben Ewigkeit an.

»Ja, toll, nicht? Ich habe ein wenig mit ihm trainiert«, antworte ich wahrheitsgemäß.

»Oh. Das musst du mir mal zeigen«, meint Ella freudestrahlend.

»Ein andermal vielleicht«, versuche ich das Thema schnell wieder abzuwimmeln. Schließlich weiß ich nur zu gut, was dabei passieren kann.

Aber kein Mucks, das bleibt für immer und ewig mein und Lissy Nummer 2's Geheimnis! Basta!

5. Kapitel

Unverhofft kommt oft

Meine Zeit mit Lissy muss irgendwie Eindruck gemacht haben. Als ich nämlich von Ella zurückkomme, erwartet mich das elterliche Komitee in der Küche am Küchentisch. Hübsch aufgereiht sitzen sie da und schauen mich an, als sei ich auf Weltreise gewesen und hätte mich ungemein verändert.

»Ist was?«, frage ich, nur um sicherzugehen, dass nichts ist.

»Nein, nein, Liebes. Setz dich. Mama und ich wollen etwas Wichtiges mit dir besprechen.«

So so, denke ich mir. Große Ansprachen sind ja nicht gerade mein Ding. Da die beiden friedlich gestimmt zu sein scheinen, lasse ich mich darauf ein und nehme ihnen gegenüber Platz. Was in mir unweigerlich das Gefühl etlicher voriger Gespräche mit eher schlechtem Verlauf heraufbeschwört. Ausgefressen habe ich aber nichts. Jedenfalls nichts, wovon sie etwas wissen könnten. Oder etwa doch? Ich lehne mich zurück und warte ab, was da nun auf mich zu rollt.

»Also«, eröffnet Papa das Gespräch. Ein tolles Wort, wenn jemand nicht genau weiß, wo die Reise hingehen soll. Ich hoffe, dass sie sich gut überlegt haben, womit sie mich jetzt wieder vollquatschen wollen. Ich habe schließlich nicht ewig Zeit, hier herumzusitzen und mich über mich zu unterhalten.

Es kommt anders, als ich denke. Ganz anders. Und während ich Papa so lausche, kann ich mich endlich entspannen.

»Mama und ich haben uns etwas überlegt.« Kaum zu glauben, aber das haben sie hinbekommen. Manchmal kommt dabei aber ein ziemlicher Blödsinn heraus, finde ich. »Wir finden, dass du dich so gut um Ellas Hamster gekümmert hast, dass du einen eigenen haben darfst.«

»Einen eigenen Hamster?«, japse ich ungläubig.

»Ja. Wie findest du das?« Beide schauen mich erwartungsvoll an. Nur ein richtiger Freudenschrei gelingt mir mit Aussicht auf einen Hamster augenblicklich nicht. Irgendwie verständlich, wenn man Lissys und meine Geschichte kennt.

»Ja toll«, sage ich erst einmal, um die Starre, in die die beiden verfallen sind, aufzuheben.

»Ja, dann lass uns doch gleich zur Zoohandlung fahren«, schlägt Mama vor. Ich druckse kurz herum und rutsche auf meinem Stuhl hin und her. Jetzt fühlt es sich doch wieder mies an, Mama und Papa so gegenüberzusitzen.

»Was ist?«, will Mama im Aufstehen wissen, als sie merkt, dass ich noch nicht vom Stuhl hochgeschnippt und Richtung Tür gehechtet bin.

»Naja«, fange ich an, da ich nicht genau weiß, wie ich das jetzt am besten sage. »Ein Hamster ist schon toll …«

»Aber?«, unterbricht Papa mich. Und seinem Ton entnehme ich, dass er es gar nicht mag, wenn das Gebotene nicht gut genug ist.

»Naja, ein Hamster ist eben so klein. Und den kann ich nicht wirklich knuddeln. Und vor allem«, jetzt kommt mein perfektes Argument, »sind die so zerbrechlich. Was ist, wenn Ida ein wenig unsanft mit ihm umgeht, dann ist er gleich kaputt.« Schließlich weiß ich, wovon ich spreche.

Die beiden setzen sich wieder, blicken sich seufzend an und verfallen in ihre Was-machen-wir-jetzt-Starre. Ich tue ihnen den Gefallen und erlöse sie: »Ein Kaninchen wäre doch prima.«

»Ein Kaninchen?«, wiederholen sie und irgendwie liegt da nicht dieselbe Begeisterung in den Worten, wie ich sie vorgegeben habe.

Ich weiß, wenn man den kleinen Finger bekommt, soll man nicht gleich die ganze Hand nehmen. Das hat mir Oma schon tausendmal gesagt. Ich wäre mit dem Hamster am Ziel, müsste mich nicht selbst mit Süßigkeitenentzug bestrafen und hätte endlich ein Haustier. Allerdings finde ich, dass ich mit Lissy nachdrücklich bewiesen habe, dass kleine Tiere nichts für mich sind. Da ist es doch wirklich besser für alle Hamster auf der ganzen Welt, wenn sie nicht bei mir wohnen müssen. Ich brauche also auf jeden Fall ein größeres Tier als einen Hamster.

Die Stille, die sich über den Küchentisch legt, gefällt mir

überhaupt nicht. Ich möchte meine Eltern aber auch nicht unter Druck setzen, sonst bekomme ich nur ein Nein als Antwort. Jahrelanges Beobachten von Erwachsenen hat mir gezeigt, dass sie bestimmte Dinge immer gründlich überlegen müssen. Wenn man ihnen das verwehrt, bekommen sie Panik und machen einen Rückzieher. Also Geduld haben. Und ich habe jede Menge Geduld. Gerade so viel, dass ich nach zwei Minuten anfange mit den Fingern auf dem Tisch zu trommeln.

Meine Geduld wird belohnt. Nachdem sich meine Eltern vielsagende Blicke zugeworfen haben, sagt Papa: »Nun ja, da hast du natürlich einen wichtigen Punkt angesprochen. Deswegen wollen wir mal nicht so sein und dir deinen Wunsch erfüllen.« So schnell bin ich meinen Eltern noch nie um den Hals gefallen wie in diesem Augenblick. Ich bin glücklich, so überaus glücklich!

Das letzte Mal war ich so glücklich, als ich sechs Jahre alt war und unter dem Tannenbaum das lang ersehnte Puppenhaus fand. Das Dumme war, dass wir an diesem speziellen Weihnachtsabend Besuch von etwas knalltütigen Kindern hatten, also den Kindern von Papas Cousine oder so. Ich kapiere das irgendwie nicht ganz, wie wir mit denen verwandt sein sollen. Die kommen zum Glück auch nicht mehr vorbei seit damals. Ist auch besser so. Jedenfalls packte ich das wirklich wunderschöne Puppenhaus mit allerlei Schnickschnack und Balkon aus. Die anderen Kinder, meine Schwester inklusive, fanden mein Puppenhaus genauso toll wie ich. Wir beschlossen damit zu spielen, auch wenn Ida dafür eigentlich noch viel zu klein war, aber es war ja Weihnachten und da müssen alle immer ganz lieb zueinander sein, sagt Oma. Natürlich konnte das nicht lange gut gehen. Denn der große Junge der Besucherkinder konnte urplötzlich seine Zerstörungswut nicht mehr bremsen und trat mit voller Wucht zunächst in den Balkon meines funkelnagelneuen Puppenhauses. Als wäre das nicht genug, musste er dann auch noch darüberstolpern und es vollends plattmachen. Ich tat mein Bestes, nicht vor lauter Wut in die Luft zu gehen. Es war ja schließlich Weihnachten. Nur hatte dieser blöde Kerl es mir innerhalb weniger Sekunden völlig ruiniert.

Das Thema Puppenhaus habe ich mit diesem Erlebnis abhaken können. Ich habe nie wieder eins bekommen! Obwohl mir meine Eltern natürlich sofort ein neues versprochen haben. So viel zu Versprechen von Erwachsenen. Am besten lässt man sich alles schriftlich geben. Papa macht das auch so, aber das wusste ich damals noch nicht. Und außerdem konnte ich da noch nicht lesen und schreiben. Also Pech gehabt! Inzwischen ist das Gott sei Dank anders und ich lasse mir wirklich jede Taschengelderhöhung schriftlich bestätigen, was sich das ein oder andere Mal wirklich gelohnt hat.

Immer noch überglücklich lockere ich endlich die Umarmung meines Vaters. Er schaut mich an, um seine Ansprache zu halten, die ich schon erwartet habe. »Du weißt aber, dass du dich selbst um alles kümmern musst. Es ist dein Kaninchen, also wirst du den Stall säubern und sonst alles erledigen, was nötig ist.«

»Klar, Papa. Versteht sich doch von selbst.« Und ich drücke ihm noch einen dicken Kuss auf die Wange.

6. Kapitel

Wenn Fuchs und Hase sich »Gute Nacht« sagen

Beim Betreten des Ladens halte ich sofort Ausschau nach der Verkäuferin. Sie darf mich jetzt nur nicht verraten, sonst ist es vorbei mit meinem Kaninchen. Als ich sie sehe, schaue ich sie nur mit großen Augen an, denn meine Eltern sind direkt hinter mir und ich kann nichts sagen, was mich am Ende gar noch verraten hätte. Das ist eine wirklich blöde Situation. Sie kommt auf uns zu und ich überlege krampfhaft, wie ich das Unglück abwenden kann.

»Na, habt ihr es euch mit dem Häschen noch einmal überlegt?«, lächelt sie mich und meine Schwester an. PUUH! Das ist ja noch einmal gut gegangen.

Schnurstracks mache ich mich auf den Weg zu den Zwergkaninchen, um mir eines auszusuchen. Ich brauche auch nur einmal in den Glaskäfig zu gucken, da weiß ich auch schon genau, welches es sein soll. Ein kleines graues mit einem Knick in seinem linken Ohr erobert mein Herz im Sturm. Ich weiß, das klingt total schnulzig, und wenn ich jetzt noch sage, wie süß dieses Viech ist, klinge ich wie Ella und meine Schwester zusammen. Aber das ist mir ehrlich gesagt völlig schnuppe.

»Genau das Graue da«, sage ich und drehe mich mit einem Grinsen, das von einem Ohr zum anderen reicht, zu meinen Eltern um.

»Bist du sicher? Das hat doch ein kaputtes Ohr«, gibt meine Mutter zu bedenken.

»Ja, genau«, entgegne ich ihr. »Deswegen will ich es haben.«

Es ist eben dieses Ohr, weshalb ich den kleinen Hasen sofort mag. Bestimmt standen hier schon etliche andere Kinder, die ihn wegen seines Ohres nicht wollten. Aber dieser kleine Fehler gefällt mir. Er ist eben nicht perfekt, genau wie ich. Das passt doch hervorragend!

»Na dann soll es das Kaninchen sein«, löst mein Vater die Situation auf. Wobei ich dem Gesichtsausdruck meiner Mutter entnehmen kann, dass sie mich wieder einmal nicht versteht. Wie kann ich etwas wollen, das schon von vorn herein nicht in Ordnung zu sein scheint, ja kaputt sogar, um ihre Worte zu gebrauchen. Als die Verkäuferin das strampelnde Kaninchen aus dem Behälter holt, meint mein Vater auf einmal: »Und welches Häschen möchtest du haben, Ida?«

Wie bitte, schießt es mir durch den Kopf. Das kann jetzt echt nicht euer Ernst sein! Ich kämpfe hier seit Jahren, dass ich endlich ein Haustier bekomme, höre immer nur wieder die alte

Kamelle vom Peterchen und Ida soll jetzt auch einfach so ein Haustier haben? Obwohl sie noch keines hatte, viel jünger ist als ich und sich nicht, aber auch gar nicht dafür eingesetzt hat?

Ist das gerecht?

NEIN! Schreit es in mir.

Das ist immer so. Kleine Geschwister müssen nie auch nur einen Finger krumm machen. Während man sich als große Schwester echt abmüht irgendetwas zu bekommen, erhalten die Kleinen es dann einfach so mit. Warum haben meine Eltern es nicht zuwege gebracht, mir eine große Schwester zu geben? Ich hätte so ein einfaches und tolles Leben!

Ich will mir meinen Siegesmoment mit meinem neuen grauen Freund nicht verderben lassen. Also schlucke ich meinen Ärger hinunter. Meine Eltern werden schon sehen, was sie davon haben. Nicht mein Problem. Ich werde mich ausgezeichnet um mein kleines Kaninchen kümmern. Idas Karnickel geht mir an der Hutschnur vorbei. So leid mir das für ihn tut.

So!

»Hast du schon einen Namen für ihn?«, reißt die Verkäuferin mich aus meinen Gedanken. Ich nicke und sehe nur den kleinen Knickohr-Hasen an.

»Hallo Paulchen, ich bin Zoë«, begrüße ich ihn in meiner Welt. Wobei ihn das reichlich wenig kümmert und er sich erst einmal daran macht, meine Hand abzulecken. Wegen des Salzes erklärt die Verkäuferin mir, doch ich nehme sie gar nicht mehr wahr. Jetzt gibt es erst einmal nur Paulchen und mich.

Zu Hause angekommen, laden wir die Berge an Ausrüstung, die zwei so kleine Kaninchen benötigen, aus und ich stürme sofort zum Telefon.

»Hallo Ella. Ich bin's, Zoë. Du musst sofort rüberkommen.« Ich lasse ihr keine Zeit zum Antworten und lege einfach auf. Es dauert keine zwei Minuten und Ella sitzt mit mir an Paulchens Gehege.

Wir bauen extra einen Zaun, damit die Häschen schön auf unserer Wiese umherhoppeln, sich aber nicht aus dem Staub machen können. Irgendwie glaube ich auch nicht, dass Paulchen sich aus dem Staub machen würde. Ich habe das Gefühl, dass er genau weiß, was wir zwei aneinander haben. Ich weiß, jetzt klinge ich wirklich wie eine billige Kopie von Ella, ändern kann ich es nicht. Vielleicht verstehe ich Ella und ihren Wahn mit Lissy erst jetzt, da ich Paulchen kenne. Trotzdem finde ich ein Kaninchen immer noch besser als so einen furzkleinen Hamster.

Nichtsdestotrotz beschließen Ella und ich, die beiden Haustiere einmal einander vorzustellen. Vielleicht würden die beiden ja beste Freunde, meint Ella. Eigentlich hat Paulchen schon einen Spielgefährten, Idas Kaninchen Max. Doch ich habe Mitleid mit dem armen Lissy, der einsam sein Dasein in einem Käfig mit Laufrad fristet. Also eilt Ella nach Hause, um Lissy zu holen. Und siehe da, er scheint sich unter den Kaninchen, die ihm vorkommen müssen wie Riesen, wohl zu fühlen.

»Vielleicht gerade weil sie so groß sind«, überlegt Ella. »Er denkt, dass sie ihn beschützen.«

»Na hoffentlich sind die beiden dann keine Angsthasen«, meine ich zu Ella und wir brechen kichernd zusammen.

Das sind die wohl schönsten letzten Ferientage, die ich je erlebt habe. Am liebsten würde ich den kleinen Racker mit ins Bett nehmen. Das erlaubt Mama natürlich nicht. Verstehe ich auch irgendwie. So richtig Lust, zwischen Hasenknödel und Hasenpipi zu schlafen, habe ich ja nun auch nicht.

Das hat zur Folge, dass ich mich zum echten Frühaufsteher entwickle. Jeden Morgen schlage ich ohne Wecker um 7:30 die Augen auf, hechte in Windeseile durchs Bad, schnappe mir im Durch-die-Küche-Gehen eine Scheibe Toast und flitze hinaus in den Garten. Es mag Einbildung sein, doch jedes Mal sitzt Paulchen ganz vorne am Zaun, als würde er auf mich warten.

Meine Eltern finden das mit dem frühen Aufstehen natürlich besonders toll. Ich wette, dass sie sich jeden Tag aufs Neue loben, mir endlich ein Haustier gegönnt zu haben. Ist mir aber schnuppe, auch die Tatsache, dass ich mit Idas Hasen recht hatte und die gesamte Arbeit natürlich an meiner Mutter hängen bleibt. Tja, wer nicht hören will, muss fühlen, klingen Omas Worte in meinen Ohren. Aber ich sage nichts. Manchmal genügt es einfach, sich im Stillen darüber zu freuen, etwas schon im Voraus gewusst zu haben. Zudem sehe ich es als eine gerechte Strafe für meine Eltern an, die meiner viel zu kleinen Schwester etwas schenken, für das sie sich gar nicht einsetzen musste und es somit auch nicht wirklich gewollt, geschweige denn verdient haben kann.

Paulchen und ich hingegen sind ein Herz und eine Seele. Ich liege jeden Tag bei ihm im Gras, lese ihm aus meinem Lieblingsbuch vor und vertraue ihm sogar meine Geheimnisse an. Wenigstens kann ich bei ihm tatsächlich sicher sein, dass er es niemandem verrät. Dass ich hin und wieder seinen Stall sauber machen muss, stört mich nicht. Und sein Futter findet er größtenteils auf der Wiese. Ich ertappe mich allerdings dabei, wie ich ihm fein säuberlich Möhrchen zurechtschneide. Im ersten Augenblick erschrecke ich mich über mich selbst, denn hinzu kommt, dass Paulchen natürlich nicht nur einfaches Wasser von mir bekommt, sondern stilles Mineralwasser, was die Augenbrauen meine Mutter wieder einmal bis zum Anschlag nach oben zwingt. Doch dann schmunzle ich in mich hinein und denke, was soll's. Wenigstens Paulchen soll es an nichts fehlen.

Ella erweist sich als eine wirklich gute Freundin mit wahrhaft verrückten Ideen. Eines Nachmittags, als wir gerade wieder zwischen Lissy und Paulchen auf der Wiese herumlümmeln,

meint sie auf einmal: »Wir sollten den beiden einen richtigen Spielplatz bauen, oder so eine Art Hindernisparcours, damit sie sich so richtig austoben können.«

»Ich weiß nicht«, zögere ich und denke dabei an Lissy Nummer 1, »für Paulchen könnte das schon schön sein, aber Lissy ist nicht so sportlich.«

»Aber du hast doch auch mit ihm trainiert, als ich nicht da war!«

»Ja, schon, ich mein ja nur, dass du vorsichtig sein musst. Hamster schwitzen nicht, weißt du? Die können leicht einen Hitzschlag bekommen.«

»Ach so? Du kennst dich ganz schön gut aus, Zoë«, lächelt sie mich mit einem Grashalm im Mundwinkel an. »Dann bauen wir eben noch einen kleinen Swimmingpool, damit Lissy sich immer schön abkühlen kann.« Strahlt sie, erfreut über ihren eigenen Geniestreich, und springt auf. Ach, Ella ist schon toll. Langweilig wird es mit ihr auf jeden Fall nie.

Der Parcours ist schnell gebaut und eine Schüssel, die als Pool dient, steht immer für Lissy bereit, damit das Dingelchen von Hamster ja nicht die Grätsche macht.

Ella hat dann noch weitere tolle Ideen und im Nu wird aus dem Parcours eine Zirkusnummer und unsere zwei Haustiere spielen die Artisten. Ida fängt sogleich an zu nerven und möchte, dass ihr Max auch mitmacht. Doch nach ein paar Versuchen, ihrem Kaninchen klarzumachen, was es zu tun hat, gebe ich auf und erkläre Ida, dass ihr Karnickel einfach zu blöd dafür ist. Anstatt dankbar für die ehrlichen Worte zu sein, fängt Ida augenblicklich lauthals an zu heulen und rennt zu meiner Mutter. Was kann ich denn dafür, dass Paulchen so ein tolles Kaninchen ist und ihr Max eben nicht?

Eben! Nichts!

Zum Glück erklärt Ella die Zirkusvorstellung für eröffnet, bevor meine Mutter mich zurechtweisen kann. Ich wette, in diesem Moment muss es gewesen sein, dass Ida vor lauter Wut und Neid meinem Paulchen den Tod wünscht, denn eine andere Erklärung für das, was als Nächstes geschehen ist, habe ich ehrlich gesagt nicht.

Am folgenden Morgen renne ich wieder einmal voller Freude in den Garten, um Paulchen zu begrüßen, doch er sitzt nicht wie gewohnt am Zaun und wartet auf mich.

»Paulchen!«, rufe ich, aber es rührt sich nichts. Auch Idas Max kann ich nirgends sehen. Mein Herz fängt an heftig zu pochen. Eine Stimme in mir sagt, dass etwas nicht in Ordnung ist, gar nicht in Ordnung. Schnell haste ich in die Küche zu meinen Eltern, die immer noch gemütlich beim Frühstück sitzen. Wie können sie nur? Merken die denn gar nicht, dass etwas Schreckliches passiert sein muss? Haben sie keine Augen im Kopf und sehen nicht, dass der Stall draußen direkt vorm Fenster gähnend leer ist?

»Paulchen ist weg«, japse ich und merke, wie meine Stimme bricht. Nur nicht heulen, sage ich mir. Das ist so albern, Zoë, reiß dich zusammen.

»Das kann nicht sein«, meint mein Vater und schaut schmun-
zelnd hinter seiner Zeitung hervor.

»Doch! Schau doch selbst!« Unfassbar, wie gleichgültig und
ignorant Erwachsene sein können, wenn es nicht um sie und
ihre wertvollen Sachen geht, die Kinder ja nie anfassen dürfen.
Wir Kinder sind ja auch gänzlich behämmert und machen alles
kaputt. Klar!

Mein Ton hat meinen Vater umgestimmt und er steht auf, um
sich selbst davon zu überzeugen, dass ich auch richtig geguckt
habe. Und siehe da. Ich habe richtig geschaut.

»Das kann doch nicht sein!«, entfährt es ihm und die Besorg-
nis, die ich aus diesen Worten höre, würde ich lieber ignorieren.

»Zieht euch eure Schuhe an! Wir müssen sie auf der Stelle
suchen!« Und da ist mein Papa mein Held. Der Held, der mein
geliebtes Paulchen sucht und dafür sogar sein heiliges Frühstück
mit Zeitungslektüre links liegen lässt. Ich springe förmlich in
meine Schuhe und bin startklar. Wir teilen uns auf. Mama sucht
mit der bereits heulenden Ida nach Max und Papa und ich
suchen Paulchen.

Wir fangen am unteren Ende des Gartens an zu suchen und
arbeiten uns nach oben vor. Und da sehe ich etwas hinter der
dicken Buche hervorschimmern, das aussieht wie ein Stück
graues Plüschtier. Ich will losrennen, doch Papa hält mich plötzlich am Arm fest.

»Warte, Zoë«, sagt er leise. Und ich weiß, was das heißt. Dieser Ton und der Gesichtsausdruck, den kenne ich.

»Es geht schon«, schaue ich Papa an und löse seine Hand von meinem Arm. Langsam knie ich neben Paulchens regungslosem kleinen Körper nieder. Ich weine nicht. Das ist sinnlos und macht ihn auch nicht wieder lebendig.

»Muss ein Fuchs gewesen sein«, höre ich Papa hinter mir. Ich starre nur auf Paulchen hinunter. Er sieht aus, als würde er schlafen. Ich kann es gar nicht glauben, dass er tot ist. Zum Glück habe ich Ella damals nicht die Wahrheit über Lissy Nummer 1 gesagt, kommt es mir in den Sinn, denn so habe ich ihr das elende Gefühl, das jetzt mein Herz wie einen Schaumstoffball zusammenzuquetschen scheint, erspart.

»Er hat gar keine Wunden«, antworte ich Minuten später meinem Vater, der immer noch hinter mir steht und mich nicht zu stören wagt.

»Ja, hast recht«, flüstert er beinahe. »Wahrscheinlich hat sein Herz vor lauter Angst versagt.«

»Dann hätte er es schaffen können?«, frage ich, obwohl ich das traurige Ende vor mir habe und weiß, dass dem nicht so ist.

»Schon möglich. Schnell genug war er anscheinend.«

Da muss ich plötzlich lachen. Ich stelle mir vor, wie Paulchen rennt wie blöd und gerade mitten im Sprung ist, und dann, schwupps, macht sein Herz nicht mehr mit. Er fliegt im hohen Bogen, alle viere von sich gestreckt, auf sein süßes Schnäuzchen. Ich habe eindeutig ein paar zu viele Cartoons gesehen, denke ich. Vielleicht mein Glück …

»Alles in Ordnung?«, fragt Papa besorgt, der offensichtlich

nicht verstehen kann, wie ich jetzt noch lachen kann. Vermut-
lich denkt er, dass ich gleich völlig zusammenklappe.

»Geht schon«, sage ich im Aufstehen mit Paulchen im Arm
und lächle meinen Vater an, dankbar dafür, dass er einfach nur
da ist.

Unser Moment der Stille wird jäh vom nahenden Geplärr
meiner Schwester unterbrochen. Mama hat Max in der Hand,
der wirklich nicht mehr gut aussieht. Ein weiteres Mal grinse
ich in mich hinein und bekomme bestätigt, dass Paulchen einfach das coolere Kaninchen von den beiden war. Nicht nur, dass
Max zu blöd zum Zirkusspielen war, er ist auch dem Fuchs
nicht entkommen.

Wir begraben die beiden und ich stelle jeweils einen Stein auf ein Grab. So wie ich es bei Lissy Nummer 1 in der Zoohandlung getan habe.

Dann rufe ich Ella an, die schnell zu mir kommt. Mit einer Tasse Kakao sitzen wir am leeren Gehege und schauen den Wolken zu, wie sie über den Himmel ziehen. Reden mag ich nicht, und obwohl Ella sonst eine echte Quasseltante ist, ist sie genauso still wie ich. Eine echte Freundin eben. Ich glaube, ich habe mich noch nie so verstanden von ihr gefühlt wie in diesem Moment.

»Danke«, flüstere ich in die Stille und Ella legt einfach nur ihren Arm um mich. Ohne ein Wort.

7. Kapitel

Die Welt ist nicht rosa, sie ist grau!

Die nächsten Tage sind fürchterlich. Wobei das so nicht ganz stimmt. Ich fühle mich nur unbeschreiblich leer und habe keine Lust auf irgendetwas. Egal was Ella auch vorschlägt und sich einfallen lässt, um meine Laune zu heben, es funktioniert nicht. Das frühe Aufstehen hat sich auch erledigt, sehr zum Leidwesen meiner Eltern, die auch umgehend vorschlagen, mir ein neues Kaninchen zu kaufen. Als ich das höre, flippe ich sprichwörtlich aus. Wie können die nur so gefühllos sein? Klar, ich renne sofort los, lass Paulchen Paulchen sein und kaufe mir einfach ein neues Kaninchen. Mal ganz abgesehen davon, dass Paulchen wahrscheinlich das einmillionste Kaninchen unter einer Million war, das so ein Knickohr hatte. Allein das macht ihn einmalig. Und würden sie das auch mit mir machen? Gibt es irgendwo eine Kinderhandlung, in die man geht und Kinder ersetzt oder umtauscht?

Nein.

Also was soll das bitte schön?!

Man kann Paulchen nicht einfach so ersetzen. Er war auf seine Weise einfach herrlich perfekt imperfekt. Ein Kaninchen mit Schönheitsfehler, eben.

Ja, ich weiß, eigentlich hätte ich auch ein bisschen Grund zur Freude. Schließlich habe ich ja mein Ziel erreicht. Aber keine Schokolade der Welt kann mir Paulchen ersetzen. Schon doof, dass man sich selbst so bestrafen kann. Bei jedem Schokoriegel muss ich jetzt an meinen blöden Vorsatz denken. Irgendwie schmecken die dann einfach nicht mehr so gut wie vorher.

Ich bin fast ein bisschen froh, dass die Ferien jetzt vorbei sind. So habe ich wenigstens etwas zu tun und Ella meint nicht mehr ein Ablenkungs-Beschäftigungsprogramm für mich auf die Beine stellen zu müssen. Zumal es nicht sonderlich gut gegen meine Ich-schlage-die-Zeit-tot-Haltung hilft, sondern dann doch leider eher nervt. Wir haben sogar einen Neuen in die Klasse bekommen, was ein echter Glücksfall ist, weil Ella ihn total süß findet. So haben wir endlich ein neues Thema, über das sie mit mir die ganze Zeit reden will. Nicht dass ich nichts Besseres zu tun hätte. Nein. Habe ich nicht. Und irgendwie ist es auch gut, dass Ella mich einfach immer zuquatscht. Ich muss ja ehrlich zugeben, dass es irgendwie hilft. Und urkomisch ist es auch.

Das Witzigste ist in der großen Pause passiert: Ella hat herausgefunden, dass der Neue, sein Name ist übrigens Finn, einen Hund hat. Um ihn näher kennenzulernen, will sie ihn fragen, ob

sie nicht gemeinsam Gassi gehen wollen. Mal abgesehen davon, dass Ella keinen Hund hat und Lissy bestimmt nicht mithalten kann, finde ich die ganze Idee reichlich bescheuert. Doch das Allerbeste kommt noch. Wir gehen also in die große Pause und Ella fängt auf einmal an so herumzudrucksen. Meine sonst so redselige beste Freundin ringt um Worte. Aus heiterem Himmel schlägt Ella tatsächlich vor, dass ich ihn doch für sie fragen soll. Ich meine, wie peinlich ist das denn? Sie bettelt so lange, bis ich endlich einwillige und leicht genervt zu Finn hinübergehe, der gerade Fußball spielt. Was tut man nicht alles für die Freundschaft.

Ich stelle mich also an den Spielfeldrand und versuche Finn auf mich aufmerksam zu machen. Das klappt unheimlich schnell und gut. Vielleicht hätte ich da ahnen sollen, dass es nicht so gut weitergehen konnte.

»Hi«, kommt Finn angerannt, »was gibt's?«

»Äh«, fange ich an und komme mir saublöd vor. Ich weiß überhaupt nicht, wie ich das jetzt anstellen soll. »Ich wollte … soll dich fragen, ob du Lust hättest, Gassi zu gehen.« Er fängt sofort an zu lachen.

»Nein, nicht so«, versuche ich die Situation zu retten. »Zusammen mit deinem Hund, meine ich«, schiebe ich schnell hinterher, um der Peinlichkeit ein Ende zu bereiten. Allein dafür werde ich mir etwas richtig Gutes einfallen lassen müssen, wie Ella das ansatzweise wiedergutmachen kann.

»Klar. Ich hole dich um sieben mit Arthur ab.«

Ich gucke ihn wohl ein bisschen dämlich an, weil er dann noch erklärend hinzufügt: »Arthur ist mein Hund.« Und schon will er weiter Fußballspielen gehen.

Ich schaffe es noch, meinen Arm nach oben zu reißen und ein »Aber so war das auch nicht gemeint« hinter ihm herzurufen, doch das hört oder versteht er nicht mehr. Ist ja auch egal. Ich hab's vermasselt. Das sollte doch ein Gassigehen mit Ella werden. Stattdessen muss ich da jetzt durch. Prima. Vielen Dank auch. Nur weil Ella die Zähne nicht mehr auseinanderbekommt, wenn er in der Nähe ist.

Ella findet es selbstverständlich auch nicht besonders toll, dass nicht sie, sondern ich mit Finn seinen Hund Gassi führe. Sie hat natürlich gleich den nächsten Einfall, wie man die Lage entschärfen könnte. Ich solle es ihm doch einfach heute Abend in aller Ruhe erklären. Dann kann er sie zwei Straßen weiter abholen. Ella findet das perfekt.

Ich nicht!

Als es kurz nach sieben Uhr an der Tür klingelt, renne ich die Treppe hinunter. Ich möchte es um jeden Preis vermeiden, dass meine Eltern Finn die Tür öffnen und mich in eine weitere peinliche Situation katapultieren. Ich trete schnell vor die Tür und schließe sie genauso schnell hinter mir.

»Hi«, grinst Finn mich mit Arthur im Schlepptau an.

»Hi«, antworte ich.

»Na dann, lass uns mal los.« Finn wendet sich schon zum Gehen, während ich immer noch stocksteif auf der Tür-schwelle stehe.

»Finn«, rufe ich.

»Ja?«

»Ich muss dir etwas sagen.« Toller Satz, klingt wie aus einer von Mamas Lieblingsfernsehserien. Nun, sei es drum, er ist raus. Finn dreht sich zu mir um und wartet.

»Also eigentlich wollte nicht ich mit dir und deinem Hund Gassi gehen … Ich sollte dich nur fragen … weißt du, eigentlich …«

»Schon klar«, unterbricht er mein Gestammel und ist schon wieder im Begriff loszulaufen.

»Nein, Finn. Ich meine es ernst«, sage ich etwas verärgert. Ich kann es überhaupt nicht leiden, wenn man mich nicht ernst nimmt.

»Ich weiß. Du solltest mich für Ella fragen. Und jetzt komm endlich«, sagt er und ich bin völlig von den Socken und laufe tatsächlich los. Damit habe ich nicht gerechnet.

Wir laufen dann ewig durch die angrenzenden Felder und erzählen uns dies und das. Irgendwie ist es eigentlich ganz nett. Aber verliebt bin ich nicht. Keine Angst. Ich werde jetzt nicht anfangen nur noch von Finn zu reden. Nur wie ich das Ella erklären soll, ist mir echt ein Rätsel.

Wir verabreden uns auch für den nächsten Tag. Alles ganz harmlos. Finn verspricht einfach nur ein guter Freund zu werden. Und seinen Hund Arthur habe ich auch gleich ins Herz geschlossen. Der ist wirklich prima und schön. Nicht so eine kleine Ratte auf vier Stelzen, sondern ein richtig schöner, großer Hund. Finn meint, Arthur sei ein Neufundländer. Ist ja auch egal.

Meinen Eltern ist mein Spaziergang leider nicht entgangen und ich sehe sie schon heimlich durchs Fenster spähen, als wir uns meinem Haus nähern. Daher verabschiede ich mich sicherheitshalber einige Hundert Meter vor dem Haus von Finn und gehe alleine zur Haustür. Kaum stehe ich davor, schwingt diese auch schon auf und ich blicke in die dümmlich grinsenden Gesichter meiner Eltern.

»Na, ist das dein Freund?«, wollen sie gleich wissen.

»Nur ein Kumpel«, antworte ich im Vorbeigehen und schließe schnell meine Zimmertür hinter mir. Das kann ja noch lustig werden. In was bin ich da nur wieder hineingeraten? Dass Eltern aber auch immer so neugierig sind und immer die bescheuertsten Dinge vermuten. Unglaublich!

Ich rufe dann direkt Ella an, um ihr die Sache irgendwie schonend beizubringen. Das läuft dann auch viel besser als gedacht. Ella eben.

Die ist wirklich eine Nummer für sich. Meine Ella. Ich kann ihr noch nicht einmal zu Ende erzählen, was vorgefallen ist, da erklärt sie mir, dass Finn Schnee von gestern sei. In der Parallelstraße sei eine neue Familie eingezogen und deren Sohn sei ja so süß. Alles klar, denke ich. Da bin ich ja aus dem Schneider. Aber Ella soll bloß nicht denken, dass ich noch mal so eine Frageaktion für sie durchziehe. Das bringt nur jede Menge Probleme. Und Probleme kann ich nicht gebrauchen, davon habe ich bereits genug.

8. Kapitel

Zwei unter einer Decke

So schön es auch ist, mit Arthur und Finn unterwegs zu sein, so sehr erinnert es mich dann doch daran, dass ich auch so gern ein Haustier hätte. Und ich vermisse Paulchen noch immer.

Ella und ich haben in Gedenken an Paulchen ein Ritual eingeführt: Jeden Montagmorgen, kurz bevor wir zur Schule müssen, setzen wir uns an sein Grab und trinken dort Kakao. Wir reden nicht, sondern schauen nur den Wolken zu. So wie an dem Tag, als er starb. Zum Glück haben wir montags erst zur zweiten Stunde Unterricht, sonst würden wir das wohl kaum über mehrere Wochen hinweg durchhalten. Irgendwie ist das ein schöner Start in die Woche, finde ich. Klar, man könnte es als verrückt darstellen, aber es ist etwas Besonderes und deswegen finde ich es gut. Ich mag eben ungewöhnliche Sachen, die dann, wenn man sie oft genug sieht oder macht, völlig normal erscheinen. Einfach, weil man sie so oft wiederholt hat, dass sie nicht mehr wegzudenken sind. Ich weiß, das klingt nun wirklich durchgeknallt. Aber vielleicht muss man es einfach einmal ausprobiert haben, um es zu verstehen.

Inzwischen geht Ella immer öfter mit Finn und mir Arthur Gassi führen. So halten meine Eltern auch endlich den Mund und glauben mir, dass Finn echt nur ein guter Kumpel ist. Seit nämlich die bei Erwachsenen überaus gefürchtete Pubertät immer näher rückt, drehen die total am Rad. Die sehen Probleme, wo es überhaupt noch keine gibt. Ich meine, ich fühle mich komplett normal. Also alles im grünen Bereich. Ich verhalte mich auch nicht anders als sonst, denke ich jedenfalls. Egal. Solange ich meine Ruhe habe und nicht auf verdächtige Hinweise der Pubertät überprüft werde, soll es mir recht sein. Möglich, dass den beiden einfach nur sterbenslangweilig ist. Ich habe mir schon überlegt, ob ich ihnen nicht einfach die Pubertät geben soll, mit all ihren Macken und Problemen. Ich muss mich da mal schlau machen. Könnte ein Riesenspaß werden. Schließlich hätten sie dann genau das, was sie so sehnlich erwarten.

Als wir wieder montagmorgens an Paulchens Grab sitzen, unterbricht Ella auf einmal das Ritual der Stille. »Hast du heute Nachmittag Zeit?«, fragt sie, ohne mich anzusehen. Ich gucke sie mit meinem Willst-du-gerne-sterben-Blick an, so sauer bin ich, dass sie uns diesen Moment kaputt gemacht hat. Da redet sie hastig weiter.

»Es ist sehr wichtig«, sagt sie mit ihren großen Augen, die um Versöhnung zu bitten scheinen. »Wirklich!«, schiebt sie zur Sicherheit noch hinterher.

»Ok.« Ich stehe auf und lasse sie einfach sitzen. Irgendwie hat sie mir meinen Montagmorgen versaut. Ich weiß, sie meint es nicht böse. Ich hoffe daher, dass es wirklich wichtig ist und sie einen guten Grund hat, sonst bin ich echt stinkig mit ihr. Und das mindestens eine Woche lang!

Pünktlich zum verabredeten Zeitpunkt (in der Schule hat sie mich noch einmal daran erinnert und alles hieb- und stichfest gemacht) steht Ella samt Fahrrad vor meiner Haustür.

»Was soll denn das Fahrrad?« Ich muss zugeben, dass mein Tonfall nicht gerade nett ist. Ich fühle mich schlecht und weiß nicht recht, wie ich es wiedergutmachen soll.

»Also du hast ja mal 'ne Laune. Kannst gerne laufen, aber mir ist das zu weit«, entgegnet Ella schnippisch.

Ich schlurfe zur Garage und brummle noch im Vorbeigehen: »'Tschuldigung. Ich weiß ja noch nicht mal, wo die Reise hingeht …«

Ella, Madame Mir-scheint-die-Sonne-aus-dem-Popo, hat ihren aufkommenden Missmut schon wieder im Keim erstickt und säuselt mir mit einem typischen Ella-Lächeln zu: »Du wirst es schon sehen.«

Wir schwingen uns auf die Räder und fahren los. Mit dem Wind in den Haaren und der Sonne im Gesicht sieht die Welt gleich viel besser aus. Ich vergesse sogar beinahe, dass ich eigentlich noch sauer auf Ella bin, weil sie unser Montagmorgenritual kaputt gemacht hat. Wir radeln quer durch die Felder und ich frage mich, ob Ella überhaupt weiß, wo wir hinwollen.

»Na, schon eine Idee, wo wir hinfahren?«, dreht Ella sich zu mir um, während der Wind ihr die Haare ins Gesicht bläst und sie beinahe gegen einen Baum fährt. Ich verkneife es mir zu lachen, auch wenn ich zugeben muss, dass ihr Gesichtsausdruck, als sie ihr nahendes Unglück bemerkt, urkomisch ist. Schadenfreude eben, eine meiner liebsten Freuden. Aber mal ehrlich. Ella hat einfach ein Talent für Pannen. Entweder sie redet sich um Kopf und Kragen oder poltert durch die Welt. Wobei das Reden auch da immer eigentlich Grund für die Panne ist.

Ich schmunzle und antworte nüchtern und wahrheitsgemäß: »Nö. Du etwa?«

Ella, die inzwischen gleichauf mit mir fährt, um weitere Missgeschicke zu vermeiden, versucht mir einen bösen Blick zu schenken. Sie ist nicht gerade gut darin, aber ich sage es ihr nicht. Ich finde, böse gucken und Ella sind einfach zwei Dinge, die überhaupt nicht zusammenpassen.

»Klar!«, antwortet sie überaus knapp und düst voraus. Von da an redet sie erst einmal nicht mehr mit mir und ich habe alle Mühe, mit ihr mitzuhalten, so einen Affenzahn legt sie hin. Irgendwann dämmert mir dann doch, wo die Reise hingehen könnte, und als ob Ella es gerochen hätte, dreht sie sich um und fragt: »Und? Jetzt 'ne Ahnung?«

»Jep«, sage ich nur und grinse sie an. Ich muss zugeben, Ellas Idee ist in der Tat grandios. Wir radeln zum nahe gelegenen Bauernhof der Familie Fichter. Ich kann schon das Haus hinter dem nächsten Hügel auftauchen sehen und da ist auch die

Koppel mit Bauer Fichters zwei Pferden. Hagen und Siegfried
hat er sie genannt und irgendwie passen die Namen zu diesen
beiden kräftigen Kaltblütern. Ella und ich sind oft hier und be-
suchen die beiden. Bauer Fichter lässt sie uns auch pflegen und
ein bisschen reiten. Doch durch die Sache mit Ellas Lissy und
meinem Paulchen sind wir schon eine Ewigkeit nicht mehr hier
aufgetaucht. Ich habe fast ein schlechtes Gewissen deswegen,
jetzt da ich die beiden Pferde so auf der Weide grasen sehe.

»Komm schon!«, ruft Ella und reißt mich aus meinen Ge-

danken. »Wir haben es gleich geschafft. Bist ja ganz schön aus der Übung, Zoë.«

»Sei bloß ruhig, du, oder muss ich dich noch einmal an die letzte Sportstunde erinnern, in der du ...«

»Ist ja gut«, winkt Ella schnell ab und lacht. Das will sie nicht noch einmal hören. Dabei war das echt witzig. Natürlich nur solange man nicht selbst die Lachnummer ist. Etwa so, wie das mit dem Radfahren und dem Baum vorhin, nur noch viel besser. Ich weiß, das ist jetzt echt ein bisschen gemein, wenn ich das erzähle, aber es war wirklich irre komisch. Das muss man einfach erzählen.

Also. In der letzten Sportstunde haben wir zum ersten Mal Bockspringen gehabt. Das, wo man Anlauf nimmt, auf so ein nicht wirklich gut funktionierendes Sprungbrett hopst, um dann wie bekloppt mit gespreizten Beinen über einen viel zu hohen Bock zu fliegen. Ella ist also an der Reihe. Sie nimmt Anlauf. Rennt und rennt. Springt auf das Sprungbrett. Bremst abrupt, aus mir völlig unerklärlichen Gründen, und knallt voll mit dem Gesicht gegen den Bock, kippt rückwärts um und bleibt ohnmächtig liegen. Ich konnte wieder mal nicht anders, ich musste lauthals lachen. Das hat mir eine saftige Strafarbeit eingebracht, obwohl ich wetten könnte, dass unsere Lehrerin sich auch das Lachen verkneifen musste. So viel zu Ella und Sport.

Wir stellen unsere Räder am gewohnten Platz ab und werden auch schon herzlich von der Bäuerin empfangen, die uns entgegensegelt. »Oh wie schön, dass ihr mal wieder zu uns kommt.« Und sie drückt uns beide, wie sie es immer tut. Ich stehe da zwar gar nicht drauf, aber ich nehme es ihr nicht übel. So ist sie eben. Ich glaube manchmal, wir sind so etwas wie Ersatzenkel für sie oder so. Mama hat mal so etwas in der Richtung gesagt und irgendwie klang das nicht völlig unsinnig.

Ich will auch gleich zu Hagen und Siegfried auf die Koppel, doch da hält Ella mich am Arm fest. »Nein, da können wir später noch hin. Erst einmal muss ich dir noch was zeigen.«

Ich schaue sie fragend an und Ella deutet mir, ihr zu folgen.

Wir gehen in den Stall und dort in die hinterste Box. Ella öffnet vorsichtig die Tür. Zwischen jeder Menge Heu sehe ich sie dann: die Haus- und Hofkatze Mohrle mit ihren Jungen. Ella steht neben mir und strahlt mich erwartungsvoll an.

»Und? Sind die nicht niedlich?«

»Ja«, sage ich, während ich auf die Kätzchen zusteuere, »die sind zuckersüß!« Inzwischen ist auch Bauer Fichter an der Box eingetroffen. Die Blicke, die Ella und er austauschen, verraten mir, dass die beiden sich da wohl abgesprochen haben. Aber das soll mich jetzt mal nicht stören. Ich zähle insgesamt fünf kleine Kätzchen und eine scheint hübscher und niedlicher als die

andere. Doch ein Kätzchen sticht mir sofort ins Auge und erobert mein Herz im Sturm. Vorsichtig nehme ich sie in meine Hände. Sie scheint sich auch gleich wohl zu fühlen, denn sie schmiegt sich an und kuschelt sich einfach hin.

»Hallo Minka.« Ich weiß, der Name ist nicht gerade ein großer Wurf. Doch er passt einfach zu ihr.

»Woher weißt du, dass es ein Mädchen ist?«, fragt Ella mich verblüfft.

»Gar nicht, sie sieht nur wie eine Minka aus, also muss sie auch so heißen.«

»Möchtest du sie haben?«, fragt Bauer Fichter, den ich beinahe schon vergessen habe. Ich nicke nur, ohne das Kätzchen in meinen Händen aus den Augen zu lassen.

»Du hast aber gesehen, dass sie ein krankes Beinchen hat.«

»Ja«, entgegne ich und lächle. »Genau deswegen will ich sie. Sie ist perfekt.«

»Du solltest aber vorsichtig mit ihr sein, sie kann durch ihr Hinkebeinchen nicht ganz so schnell laufen wie ein gesundes Kätzchen.«

»Mach ich. Keine Sorge.« Ich schaue ihn an, weil mir erst jetzt klar wird, was Ella und er hier eigentlich für mich tun. Sie haben ein perfektes Haustier für mich gefunden. Eines, das wie Paulchen einfach perfekt für mich ist, weil die Natur sie mit kleinen Fehlern ausgestattet und damit einzigartig gemacht hat.

»Ist das jetzt ernst gemeint? Ich darf die kleine Minka mitnehmen?«, frage ich mit großen Augen.

»Klar, du Nudel, deswegen sind wir doch hier.« Antwortet Ella und knufft mich in die Seite. Ich würde sagen, Ella hat den verdorbenen Montagmorgen wieder komplett wettgemacht. Besser noch. Sie hat mir meine komplette Woche und die ganzen Wochen danach versüßt. Ich weiß, ich bin wieder einmal hoffnungslos schnulzig, aber wenn ich dieses kleine Ding da in meiner Hand anschaue, kann ich nicht anders. Wir packen Minka in eine Decke und anschließend in Ellas Tasche.

Auf dem Weg nach Hause überlege ich, wie ich es am besten meinen Eltern verkaufe, sodass diese mich nicht sofort schnurstracks zu Bauer Fichter zurückschicken, samt Minka, versteht sich. Ella entpuppt sich erneut als Gedankenleserin.

»Wie willst du es deinen Eltern verklickern?«

»Keine Ahnung. Hab ich auch grad überlegt.«

»Was hältst du davon, erst mal nur zu schauen, wie sie reagieren, also noch nicht gleich alles auf den Tisch zu packen«, schlägt Ella vor.

Das erstaunt mich ein wenig, denn der Vorschlag hätte glatt von mir sein können. Man sollte bei großen Sachen nie gleich die Katze aus dem Sack lassen. Passt irgendwie, der Spruch. Erwachsene müssen immer ganz langsam an neue Sachen gewöhnt werden. Mit plötzlichen Veränderungen kommen die überhaupt nicht klar. Das könnte man fast als Überlebensregel Nr. 1 für Kinder in irgendeinem schlauen Buch festhalten.

Als ich nämlich mal eine 5 in Mathe hatte, habe ich es meinen Eltern unverblümt beim Essen mitgeteilt. Ich dachte, da würde sich das gut machen. Falsch gedacht! Die sind total ausgeflippt, sag ich nur. Ich musste auch gleich in mein Zimmer, durfte nicht weiteressen, sondern wurde zum Matheüben verdonnert. Nicht nur, dass das ohnehin komplett überflüssig war, weil die Arbeit schon geschrieben und verhauen war, mein Nachmittag mit Ella war auch im Eimer.

Seither bin ich da viel vorsichtiger und gehe weitaus geschickter vor. Ich sage es nie beiden gleichzeitig, wenn etwas schiefgegangen ist. Und ich sage es immer demjenigen zuerst, der zum jeweiligen Thema nicht ganz so streng eingestellt ist, und mache ihn zu meinem Verbündeten. Das klappt unheimlich gut. So durfte ich trotz einer 4 im Deutschaufsatz mit Ella ins Kino. Weil Papa in Deutsch und Aufsatzschreiben, wie ich aus zahlreichen Erzählungen meiner Großeltern weiß, auch nicht gerade eine Leuchte war. Es erleichtert das Leben echt sehr, wenn man auch die Schwächen seiner Eltern kennt.

Ella und ich bringen das kleine Kätzchen erst einmal in mein Zimmer, ohne meinen Eltern gegenüber einen Ton darüber zu verlieren. Wir richten ihr ein Plätzchen her und Minka scheint sich auch wohl zu fühlen, denn sie pinkelt gleich auf die Decke, die wir für sie hingelegt haben. Na, das kann ja noch was werden!

Ella und ich gehen hinunter ins Wohnzimmer zu meiner Mutter.

»Na ihr zwei«, begrüßt sie uns, »wollt ihr einen Kakao?«

»Klar«, antworten wir wie aus einem Mund und schauen uns an. Man darf sich ja angeblich etwas wünschen, wenn man gleichzeitig etwas Gleiches sagt. Also wünsche ich mir, dass Mama das mit dem Kätzchen erlaubt. Ich weiß, dummer Aberglaube. Aber vielleicht funktioniert es ja wirklich. Man sollte nichts unversucht lassen.

In der Küche sitzen wir am Tisch, während meine Mutter den Kakao zubereitet. Ella eröffnet das Gespräch, indem sie mir erzählt, dass Bauer Fichters Katze Mohrle gerade Junge hätte, und ob ich das schon wüsste. Ich steige in das Spiel mit ein und gebe mich als die Ahnungslose. Wir sind ein echt verdammt gutes Team, Ella und ich. Nachdem wir so ein bisschen gequatscht haben, denke ich, der Zeitpunkt ist gekommen, und stelle die eine, alles entscheidende Frage: »Sag mal, Mama, so ein Kätzchen wäre doch auch was für uns. Ich meine, jetzt da unsere Häschen nicht mehr sind. Und es hätten alle etwas davon.«

»Ich weiß nicht, Zoë. Das sollten wir auch mit Papa besprechen.«

Scheibenkleister, das läuft ja nicht wie erhofft. Wenn sie sich erst mit Papa bespricht, bevor ich sie auf meiner Seite habe, sieht es verdammt düster für mich aus.

»Aber so ein Kätzchen ist doch süß, Mama. Ich kann ja mal Ida fragen, wie sie es fände.«

»Nein, Zoë. Ich will das erst mit deinem Vater besprechen. Wir schauen mal, in Ordnung?«

»Na gut«, maule ich. Ich darf es nicht zu weit treiben, sonst habe ich schon verloren, bevor Papa überhaupt ins Spiel gekommen ist.

Ella und ich ziehen uns in mein Zimmer zurück. Wir können die kleine Minka nicht so lange alleine lassen. Als wir oben ankommen, liegt Minka schlafend in ihrem Versteck hinter meinem Schreibtisch.

»Und jetzt?«, fragt Ella.

»Weiß nicht. Das klappt schon irgendwie«, versichere ich ihr.

»Meinst du? Aber wir brauchen Futter für sie und so was wie ein Klo, sonst pinkelt sie dir hier alles voll«, gibt Ella zu bedenken.

»Hast recht.« Ich krame augenblicklich mein Taschengeld zusammen. Gott sei Dank gehe ich damit einigermaßen sparsam um. »Ich habe noch achtzehn Euro, da sollten wir auf jeden Fall genug Futter bekommen.«

»Na dann mal los.«

Wir radeln schnell in den nächsten Supermarkt und hauen mein gesamtes Taschengeld für Katzenfutter auf den Kopf. Das Zeug ist ganz schön teuer. Demnach muss das Katzenklo noch warten. Ich kann nur hoffen, dass meine Eltern meinem Vorschlag schnell zustimmen, sonst habe ich bald ein gewaltiges Problem. Ohne Geld kann ich nämlich weder neues Futter noch ein Katzenklo kaufen. Und so üppig ist mein Taschengeld nicht, dass ich Minka dauerhaft heimlich in meinem Zimmer durchfüttern kann.

Auf dem Weg nach Hause treffen wir Finn und weihen ihn in unser Geheimnis ein. Finn hat auch sofort eine Idee für mein Geldproblem. Ein Flohmarkt könnte meine Rettung sein. Und

Spielsachen, die ich nicht mehr brauche, weil ich echt zu alt dafür bin, habe ich im Überfluss. Das Gute daran ist, dass diese Sachen auch noch fast alle in Kartons auf dem Dachboden sind und ich prima einige beiseiteschaffen kann, ohne dass meine Eltern etwas davon mitbekommen und ich in Erklärungsnöte gerate. Wie gut, Freunde zu haben, die einem mit so grandiosen Ideen das Leben retten!

Später beim Abendessen bin ich gespannt wie ein Flitzebogen, ob meine Mutter schon mit meinem Vater wegen der Katze gesprochen hat. Ich schaue sie immer wieder an und versuche ihr über Blicke mitzuteilen, dass ich vor Ungeduld und Neugier gleich sterben werde, aber meine Mutter hat ein unerschütterliches Talent, solche Blicke völlig zu missdeuten, wenn sie sie überhaupt einmal wahrnimmt.

»Hast du noch Hunger, Zoë?«, fragt sie mich.

»Nein, bin satt«, sage ich und ärgere mich über ihre Unfähigkeit, mir meine Wünsche von den Augen abzulesen. Ich finde, Eltern sollten so etwas können. Und vor allem ist ihre Frage, ob ich noch Hunger habe, von vornherein blöd. Schließlich sitzen wir alle an einem gedeckten Tisch und ich bin wohl noch imstande mir selbst einen Nachschlag zu holen, wenn mir danach ist. Ich gebe es auf, meine Mutter weiter mit Blicken zu bombardieren, die sie ohnehin nicht versteht, und frage einfach einmal vorsichtig nach. »Hast du Papa schon gefragt, Mama?«

»Weswegen denn?« Das kann nicht ihr Ernst sein. Wenn ich etwas vergesse, um das sie mich gebeten oder was auch immer hat, dann ist der Teufel los. Und sie? Ich schlucke meinen Ärger hinunter, wie immer, und versuche ihrem löchrigen Gedächtnis etwas auf die Sprünge zu helfen. Eigentlich hätte ich an dieser Stelle ahnen sollen, dass mein Anliegen auf wackeligen Beinen steht. Denn wenn Mama etwas mit Absicht vergisst, dann eigentlich nur weil sie es sowieso nicht gut findet.

»Na, das, was ich dich heute Nachmittag gefragt habe, als Ella da war.«

»Ach das!«, tut sie erstaunt. »Nein, dazu hatte ich noch keine Gelegenheit.« Und jetzt gerät das Ganze aus dem Ruder. Mist. Warum kann ich nicht einmal geduldig sein? Jeden Augenblick wird Papa fragen, worüber wir sprechen. Und dann ist es raus und wird in voller Runde diskutiert. Genau das, was ich eigentlich vermeiden wollte.

»Worum geht's denn?« Und da ist sie, die wie ein Unwetter nahende Frage meines Vaters.

»Ach, Zoë hat gefragt, ob wir nicht eine Katze von Bauer Fichter nehmen könnten. Seine Katze hat gerade Junge.«

»Ja, genau. Und das wäre ein Haustier für die ganze Familie«, füge ich hinzu, um es noch ein bisschen besser zu verkaufen.

»Hm, hm. Was hältst du davon?« Mein Vater schaut meine Mutter an und erwartet ihre Antwort. Genau wie ich. Ich halte beide Daumen gedrückt, in der Hoffnung, dass es hilft.

»Ich weiß nicht recht«, fängt meine Mutter an. Das ist überhaupt nicht gut. Was ist das für eine Aussage, wenn es um so eine große Entscheidung geht? Ich-weiß-nicht-recht ist fürs

Klo. So. »Wer kümmert sich denn um das Tier? Wer putzt das Katzenklo und erledigt die anderen Dinge, die eine Katze so mit sich bringt?«

»Ich«, sage ich und schnippe dabei von meinem Stuhl, so aufgeregt bin ich. »Ich erledige das.«

»Das wird eine Menge Arbeit, Zoë «, stellt Papa sich auf Mamas Seite. Es kommt genauso, wie ich es befürchtet habe.

»Aber bei Paulchen hat das doch auch alles wunderbar geklappt«, werfe ich als gewichtiges Argument in den offenen Kampf.

»Ja. Aber eine Katze lebt auch in unserem Haus und macht viel mehr Dreck.« Klar, meine Mutter denkt wieder nur ans Putzen und daran, dass auch alles immer schön aussieht wie aus dem Katalog.

»Also nein, Zoë. Das mit der Katze wird nichts«, verkündet mein Vater das Urteil.

»Aber Papa, wir können es doch einmal versuchen.«

»Nein, Zoë.« Und damit beenden die beiden das Thema und fangen einfach an, den Tisch abzuräumen.

Verdammt! Das ist ja volle Kanone in die Hose gegangen. Nur sehe ich gar nicht ein, Minka deswegen wieder zu Bauer Fichter zu bringen. Ich bekomme das schon hin. Und wenn ich dafür meine ganzen Spielsachen und Bücher verkaufen muss.

Oben in meinem Zimmer rufe ich sofort Ella an und verkünde ihr die tragische Botschaft. Sie sichert mir sogleich Hilfe zu. Wir beschließen den Flohmarkt bei ihr oder Finn zu machen, damit meine Eltern nicht auf dumme Gedanken kommen. Kaum habe ich aufgelegt, da läutet es an der Tür. Es ist Finn, der mich zum Gassigehen mit Arthur abholt. Ich weihe ihn gleich in Ellas und meine Pläne ein. Finn verspricht seine Eltern zu fragen und ich gehe mit Bauchschmerzen und einem kleinen kuscheligen Kätzchen ins Bett. Mit dem Gedanken, dass meine Eltern hoffentlich noch vernünftig werden und Minka mich nicht allzu sehr vollpieselt, schlafe ich ein.

9. Kapitel

Das Ende vom Lied

Am nächsten Morgen werde ich vom ohrenbetäubenden Läuten meines Weckers aus meinen Träumen gerissen. Normalerweise lasse ich ihn dann noch ein- bis zweimal im Fünfminutentakt läuten, um vorsichtig die Augen aufzubekommen und meine Arme und Beine zu sortieren. Heute allerdings stehe ich in Windeseile auf. Schließlich muss ich Minka versorgen und sie möglichst gut vor den neugierigen Blicken meiner Eltern verbergen. Ich weiß ja nicht, was meine Mutter so macht, wenn ich in der Schule bin. Sie arbeitet zwar in ihrem Büro, aber wer kann mir versichern, dass sie nicht in einem Anflug von Langeweile durch mein Zimmer stromert. Man glaubt nicht, wozu Eltern fähig sind, wenn sie auch nur den leisesten Verdacht hegen, irgendetwas könnte im Busch sein. Nein. Ich gehe da lieber kein unnötiges Risiko ein. Ich krame einen alten Korb unter meinem Bett hervor und statte ihn mit einer Decke aus. Darin soll Minka sich fürs Erste wohlfühlen.

Beim Frühstück verschlinge ich förmlich mein Müsli und stürme dann ins Bad. Irgendwie ist mir nicht wohl dabei, mein kleines Kätzchen so lange alleine zu lassen. Zurück in meinem Zimmer bestätigt sich meine Angst, denn Minka hat sich natürlich nicht an meine Anweisungen gehalten und tapst quietschfidel durchs Zimmer, anstatt brav in ihrem Körbchen zu sitzen. Spätestens jetzt ahne ich, dass das so nichts werden kann. Wie will ich die kleine Mietze davon abhalten, sich freiwillig meinen Eltern preiszugeben. Da kann ich ihr noch so viel erklären und versichern, dass das nicht gut für sie enden wird, sie wird es trotzdem nicht beherzigen. Da habe ich die wohl beste Idee dieser frühen Stunde. Meine Eltern gieren doch nur so danach, dass ich endlich die Pubertät einläute. Heute scheint der richtige Tag dafür zu sein! Ich werde mein Zimmer fortan einfach zur elternfreien Zone erklären. Dazu werden eine Anklopfpflicht und das hermetische Abriegeln der Zimmertür gehören, sobald ich das Haus verlasse. Hervorragend. Meine Eltern werden das sicher gleich mit einem Gläschen Sekt feiern und sich gegenseitig zur erfolgreichen Eröffnung der Pubertät ihrer ältesten Tochter beglückwünschen. Ich schreibe eine Notiz, die ich gut sichtbar auf dem Küchentisch platziere, verschließe meine Zimmertür und marschiere in die Schule. Es fühlt sich eigenartig gut an, zu wissen, dass außer mir niemand in mein Zimmer kann. Fast als wäre ich von etwas befreit. Egal wie meine Eltern darauf reagieren werden, das gebe ich auf jeden Fall nicht wieder auf.

Meine Eltern nehmen es erstaunlich gelassen. Es ist ganz so, wie ich es vermutet hatte. Sie finden es großartig, dass ich jetzt ein Fräulein werde. Bla, bla, bla. Es soll mir recht sein. Solange sie sich nicht unerlaubten Zutritt zu meinem Zimmer verschaffen, können sie mich vollquatschen, so viel sie wollen. Das bin ich schließlich gewohnt und ich möchte meinen, dass ich dagegen ziemlich immun bin.

Während ich jeden Tag das Spielchen wiederhole und mich gut um Minka kümmere, die leider nicht immer an das vorgesehene »Örtchen« geht, um ihr »Geschäft« zu erledigen, planen Ella, Finn und ich fleißig unseren Flohmarkt. Wir haben fast alles zusammen, was wir verscherbeln wollen. Es ist auch höchste Zeit, denn ich brauche dringend Geld für neues Futter und ein ordentliches Katzenklo. Mein Zimmer riecht an einigen Stellen schon äußerst merkwürdig und auch das Allheilputzmittel meiner Mutter schafft es nicht, den allmählich aufkeimenden Gestank zu beseitigen.

Minka

Pipi

Häufchen

Endlich haben wir es geschafft. Heute Nachmittag steigt unser Flohmarkt. Finn hat sogar extra vor der Schule noch Plakate aufgehängt. Ohne Werbung läuft da nämlich nicht viel. Das habe ich schon bei etlichen Flohmärkten unserer Nachbarskinder gesehen. Die karren zweimal jährlich den ganzen Plunder, den sie nicht mehr wollen, auf die Straße. Schreien ein paarmal »Flohmarkt!«, um dann ein paar Stunden später alles wieder ins Haus zu schleppen. Ganz toll, das Ganze.

Ich bin schon einige Male kurz davor gewesen, zu ihnen hinüberzugehen, um ihnen das Prinzip einmal von Grund auf zu erklären. Ich habe es dann aber gelassen, sonst hätte ich ja nichts mehr zu lachen, bei deren Flohmarktveranstaltungen.

Unser Flohmarkt wird sicher ein Hit. Ich meine, wir haben echt an alles gedacht. Die perfekte Uhrzeit: Um drei Uhr nachmittags soll es losgehen. Der perfekte Standort: Finn wohnt nur zwei Häuser vom einzigen Bäcker in unserem Ort entfernt. Die perfekte Werbung: Wir haben riesige Plakate gemalt mit tollen Werbesprüchen. Und selbstverständlich haben wir die perfekte Produktauswahl: Ellas, Finns und meine besten Stücke unserer dem Ende zugehenden Kindheit.

Ich mache die Hausaufgaben in Windeseile, versorge noch rasch Minka, rufe meiner Mutter die entscheidenden Informationen »Ich bin weg, bei Finn. Bis später!« zu und stürme aus dem Haus. Das muss jetzt ein Erfolg werden. Wenn die Kasse nicht klingelt, habe ich ein Problem, das ich um jeden Preis vermeiden möchte.

Meine Zweifel sind völlig unbegründet, denn wir haben wirklich alles richtig gemacht. Wir verkaufen zwar nicht alles, was wir aufgebaut haben, aber beinahe die Hälfte werden wir los und verdienen damit unglaubliche 25,55 €. Nun muss das durch drei geteilt werden, sodass mir noch etwa 8,50 € bleiben. Das ist zwar ganz nett, aber echt viel zu wenig, um Minka Futter und ein Katzenklo zu kaufen. Da habe ich die Rechnung ohne meine Freunde gemacht. Einfach unglaublich, die beiden schenken mir tatsächlich ihren kompletten Anteil. Ich könnte die beiden echt knutschen. Naja, Ella einen Kuss auf die Wange zu drücken, geht ja noch in Ordnung. Aber Finn küsse ich nicht, das könnte sofort falsch verstanden werden. Nachher denkt er noch, ich sei in ihn verknallt. Bloß nicht!

Mit dem ganzen Geld in der Tasche springe und hüpfe ich nach Hause. Ich bin so glücklich und erleichtert, dass ich Purzelbäume auf der Straße machen könnte. Freudestrahlend komme ich durch die Tür und sehe meinen Weg von meiner Mutter versperrt. Sie steht mit verschränkten Armen und hochgezogener Augenbraue da, als würde sie auf mich warten.

»Hallo. Ist was?«, frage ich noch immer fröhlich.

»Ja, Zoë. Es ist in der Tat was«, zischt meine Mutter zurück und ich ahne nichts Gutes.

Ich schlucke und frage ganz vorsichtig: »Und was?«

»Ach, sag bloß, das hast du vergessen. Sag mal, für wie blöd hältst du mich eigentlich?«

Die Frage beantworte ich aus Prinzip nicht. So viel Ärger, wie einem das einbringen kann, will kein Mensch auf der Welt haben. Deswegen versuche ich schnell meinen Kopf auf anderem Wege aus der Schlinge zu ziehen.

»Oh, das. Tut mir leid. Ich räume gleich mein Geschirr weg.« Ich versuche auch gleich an ihr vorbeizugehen, doch sie streckt sofort den Arm aus und lässt mich nicht vorbei.

»Das meine ich nicht, Zoë. Und das weißt du auch.«

»Ja?« Oh, oh! Ich habe doch nicht etwa vergessen meine Zimmertür abzuschließen? Ich schiele an meiner Mutter vorbei nach oben und erahne einen Lichtstrahl, der eigentlich nur aus meinem Zimmer kommen kann. Es ist anscheinend an der Zeit, alle Waffen niederzulegen und das weiße Fähnchen zu schwingen. »Oh«, mache ich daher kleinlaut und senke meinen Blick.

»Genau, Zoë. Oh, ist auch ungefähr das, was ich gedacht habe, als ich heute Nachmittag in dein Zimmer gegangen bin.«

»Aber ich habe doch darum gebeten …«

»Komm mir nicht so, Fräulein.« Und ihr Zeigefinger schnippt nach oben und springt mir förmlich ins Gesicht.

»'Tschuldigung«, nuschle ich schnell, um sie zu besänftigen.

»Wann hattest du denn geplant, es uns zu sagen?«

»Äh, keine Ahnung«, sage ich wahrheitsgemäß.

»So? Keine Ahnung. Aber ich habe eine Ahnung. Dein Vater kommt gleich nach Hause. Dann besprechen wir das!« Diese verborgene Drohung, die sie damit ausspricht, gefällt mir gar nicht. Vielleicht kann ich ihr Herz ja doch noch für Minka erwärmen.

»Aber Mama. Hast du sie dir nicht einmal angesehen. Sie ist so niedlich. Und ich habe heute auf dem Flohmarkt auch 25,55 € verdient für Futter und so.« Ich sehe, wie sich das Gesicht meiner Mutter von einem dezenten Rotton allmählich wieder erholt und eine gesunde Farbe annimmt.

»Wirklich? So viel Geld habt ihr verdient. Und alles für das Kätzchen?«

»Ja, Mama. Ich weiß, ich hätte sie nicht einfach so … aber ich konnte nicht anders, sie hat mich irgendwie an Paulchen erinnert.«

»Ach, Zoë.« Und der betroffene Ausdruck auf ihrem Gesicht lässt mich wissen, dass sie das durchaus versteht und ich womöglich gerade den richtigen Punkt getroffen habe.

»Komm mal mit. Ich zeig dir was.« Ich nehme ihre Hand und ziehe Mama die Treppe hinauf in mein Zimmer. Minka hat von dem ganzen Stress nichts mitbekommen und schläft seelenruhig auf meinem Kopfkissen. Vorsichtig nehme ich sie in die Hand und sie schmiegt sich auch gleich mit einem piepsigen Miau an.

»Siehst du ihr Beinchen?«

»Ja. Es sieht ein bisschen komisch aus«, sagt Mama und schaut mich irritiert an.

»Sie hat ein Hinkebeinchen, so wie Paulchen ein Knickohr hatte. Sie ist das perfekte Kätzchen für mich.«

»Verstehe.« Mama lächelt zum ersten Mal wieder. »Darf ich?«, fragt sie mich und streckt ihre Hände aus. Ich lege Minka ganz sanft hinein und auch hier scheint sich die kleine Katze wohl zu fühlen. Minka muss man einfach lieb haben, wenn man sie gesehen hat. Das ist einfach so. Und ich sehe meiner Mutter an, dass es ihr nicht anders geht.

»Gut, Zoë. Aber mit Papa müssen wir trotzdem noch darüber sprechen.« Ich nicke nur und sage nichts, denn ich bin mir sicher, dass ich in Mama jetzt eine Verbündete habe, die mich unterstützen wird. Wir fahren dann auch erst einmal los, um das Kloproblem von Minka zu beheben. Wahrscheinlich hätten meine Eltern es früher oder später sowieso herausbekommen. Irgendwann hätte es so unter meiner Zimmertür hervorgestunken, dass sich nichts mehr hätte leugnen lassen. Außer natürlich ich hätte aufgehört mich zu waschen. Das wäre dann noch eine Möglichkeit gewesen.

Wir schaffen es gerade noch so, vor Papa zu Hause zu sein. Ich bin ganz nervös und habe klatschnasse Hände vor lauter Aufregung. Hoffentlich wird Papa nicht böse und hoffentlich schmeißt er Minka nicht raus.

Mama und Papa unterhalten sich erst einmal unter vier Augen. Das kann ich ja so nicht leiden. Ich laufe währenddessen eine Rille in den Fußboden vor der Küche. Irgendwann öffnet sich endlich die Küchentür und ich werde zur Audienz gebeten. Die werten Herrschaften sind sich einig geworden und haben eine Entscheidung getroffen.

Als ich durch die Tür trete, sehe ich wie mein Vater ungewohnt verschmitzt lächelt. Das ist eigentlich mein Part, denke ich. Ich bin es, die hier etwas ausgeheckt hat. Das durfte er mit seinen

Eltern machen und jetzt bin ich bei ihm an der Reihe. Da vernehme ich ein quiekend jaulendes Geräusch und mein Blick fällt auf einen Korb, der miserabel versteckt hinter meinen Eltern steht.

»Was ist das?«

»Ein Problem«, lacht Papa. Ich setzte meinen schiefen Wie-bitte-sehr-witzig-Blick auf und warte auf die Erklärung. Papa holt unterdessen den Korb hervor und stellt ihn auf den Tisch. Er nickt mir zu, dass ich hineinsehen soll. Wie ein Bombenentschärfer, der nicht genau weiß, was er da eigentlich vor sich hat, hebe ich vorsichtig die Decke an. Darunter kommt ein flauschiger Hundewelpe zum Vorschein. Ich bin fassungslos. Mit offenem Mund stehe ich da.

»Naja, das Argument mit dem Haustier für die ganze Familie

hat mich zusammen mit deinen Spaziergängen mit Finn auf die Idee mit dem Hund gebracht … Freust du dich denn gar nicht?« Er schaut mich erwartungsvoll an.

»Doch. Natürlich. Der ist wunderschön«, sage ich und streichle das kleine Knäuel mit den großen Pfoten, dass sofort zu spielen beginnt und mich in die Hände zwickt. Ich schaue Mama an, denn ich weiß nicht, was jetzt mit Minka passieren wird.

»Ich weiß«, sagt Papa, als ahne er, was mich bedrückt. »Mama hat mir das mit dem Kätzchen schon erzählt. Deswegen ja das Problem. Hunde und Katzen mögen sich ja angeblich nicht.«

»Aber ich möchte Minka nicht wieder zurückbringen«, sage ich voller Sorge, mein kleines Katzenkind zu verlieren.

»Musst du auch nicht. Wir starten einfach ein Experiment«, meint Mama, die bisher geschwiegen hat.

»Was für ein Experiment?«

»Na, ob das stimmt, dass Hunde und Katzen sich nicht mögen natürlich«, sagt Papa und ich falle ihm, den Tränen nahe vor Glück, Freude und Erleichterung, um den Hals.

Unglaublich! Jetzt habe ich sogar zwei Haustiere. Und das Beste, auch unser Hund, er soll übrigens Samson heißen, ist ein perfektes Haustier. Sein Schwänzchen hat einen Knick. Ist das nicht toll? Ich könnte ausflippen vor Freude. Nein, ich könnte schreien, jubilieren. Ach, einfach alles.

Ich muss gleich Ella und Finn anrufen. Das müssen die beiden umgehend erfahren und natürlich auch sehen. Immerhin haben sie mich auch so sehr mit Minka unterstützt.

Mama hat wohl recht gehabt. Wenn man etwas wirklich will, bekommt man es auch. Und Herbstferien sind auch erst in zwei Wochen. Da war ich ja richtig zackig unterwegs mit meinem Plan. Am besten belohne ich mich gleich mit einem Schokoriegel mit viel Karamell. Hmmmm, lecker! Das wäre auch echt schlimm geworden, ein Jahr ohne Süßigkeiten!

Aber zuerst eine wichtige Amtshandlung, wie Oma es immer nennt. Ich schnappe mir das kleine Wollknäuel, das auch sofort an meiner Hand zu schlecken beginnt, und trage Samson in mein Zimmer.

»Zeit, dass du deine Schwester kennenlernst«, flüstere ich Samson zu und kassiere einen Hundenasenkuss. »Och, ist das nass«, kichere ich.

Minka liegt gerade auf meinem Bett und aalt sich in der Sonne. Die sind beide so süß und putzig, die finden sich bestimmt genauso genial und dufte, wie ich sie alle beide. Ich lasse Samson aufs Bett plumpsen und freue mich auf die erste Begegnung der beiden. Allerdings nicht sehr lange. Denn Minka schießt hoch, macht einen Buckel, dass man glatt meinen könnte, sie bricht sich gleich das Kreuz, und ihr Fell sträubt sich so sehr, dass ich die Haut zwischen den einzelnen Haaren durchblitzen sehe. Uupss! Ich versuche noch, den Welpen vor diesem Furchteinflößenden Katzenmonsterchen zu retten doch – zu spät.

Jetzt wird es laut. Erst faucht es, dann bellt es, dann faucht es wieder und Tatzen fliegen. Dann wirbelt irgendwie alles um mich herum und ich bin mir nicht sicher, wer wen gerade jagt. Ein Jaulen lässt mich vermuten, dass Samson, obwohl er doppelt so groß wie Minka ist, gerade den Kürzeren zieht. Auweia!

»Und«, fragt es auf einmal ganz kleinlaut hinter mir. Mama streckt ihren Kopf durch die Tür und Idas Nasenspitze schiebt sich auch schon rein.

»Äh, wir üben noch«, stammle ich. Als der Welpe gerade wieder bei mir vorbeistolpert, schnappe ich ihn und hechte vor die Tür. Die knallt ins Schloss und ich höre noch ein letztes Fauchen, bevor wieder Ruhe einkehrt.

»Keine Angst«, versichere ich mit gekonnter Miene, »Minka hat sich nur erschreckt. Das klappt schon!«

»Na, wenn das so wie bei dir und Ida wird, stell dich auf ein paar Jahre ein«, lacht Mama. Sehr witzig! Als ob man das vergleichen könnte. Mit einem Baby ist ja nicht viel anzufangen. Das ist wohl verständlich, dass das blöd ist, bis man es endlich so weit trainiert hat, dass man es einigermaßen gebrauchen kann. Kann ich ja nichts dafür, dass Ida einfach nicht verstehen wollte, wie man puzzelt und malt und Ball spielt und so. Logisch, dass ich da ganz klar sagen musste, wie der Hase läuft. Meine Geduld ist eben auch mal zu Ende. Aber egal. Das sollte Mama eigentlich am allerbesten von uns allen verstehen. Ihr Geduldsfaden, wie sie es selbst nennt, reißt meistens nach gefühlten zehn Sekunden. Das mit den beiden Vierbeinern wird auf jeden Fall besser. Schließlich habe ich das Kommando. Dann kann da gar nichts schiefgehen! So!

10. Kapitel

Was sich liebt, das neckt sich

Ich rufe erst einmal Ella und Finn an, die sollen sich die beiden Racker auch in Aktion anschauen. Irgendwas wird uns schon einfallen, schließlich sind wir dann zu dritt, das hat sich ja schon ein paarmal echt gut bewährt.

Ella ist von Samson genauso angetan wie ich. Keine Ahnung, aber Finn hält sich etwas zurück. Ich glaube fast, dass wir ihm etwas zu gefühlsduselig sind. Ich entwickle mich echt noch zu einer zweiten Ella. Am besten keine weiteren Haustiere mehr, sonst garantiere ich für nichts und werde zur Oberschnulzentante.

»Was ist denn nun das Problem?«, kommt es etwas genervt von Finn.

»Naja, also im Moment scheint ja alles zu passen, aber wenn die beiden sich zu nahe kommen, dann herrscht hier echt Krieg.«

»Kann ich mir gar nicht vorstellen«, säuselt Ella und krault Samson hinter den Ohren.

»Ich kann es dir gerne beweisen.« Und schon setze ich Minka dazu. Die schnippt sofort in
ihre Angriffsposition und fährt
die Krallen aus.

»Au, was für ein kleines Biest«,
quietscht Ella und springt in die
Höhe, sodass Minka und Samson von ihrem Schoß purzeln
und sich wild umeinanderwuselnd
über den Boden meines Zimmers
rollen.

»Verstehe«, Finn steht sehr lässig
auf und stellt sich neben mich und
Ella.

»Und nun?« Ich bin doch etwas rat-
los, muss ich zugeben. Denn eines weiß ich ganz sicher: Ein
paar Jahre gibt Mama mir nicht, um das Hunde-Katzen-Drama
zu lösen, eher ein paar Tage. Dann wird Madame Oberbefehlshaber die Reißleine ziehen und einen von den beiden wieder
rausschmeißen.

Ich gucke Ella und Finn an, doch da kommt leider mal überhaupt nichts. »Also nur zum Zugucken habe ich euch nicht her-
bestellt«, sage ich trotzig. »Wenn meine Schwester und ich uns
streiten, sagt Paps immer, wir sollen das unter uns ausmachen.
Oder es gibt halt so ein übliches Donnerwetter. Kennt ihr ja.«

»Also ich leider gar nicht. Als Einzelkind gibt es keinen zum Streiten«, seufzt Ella.

»Hast du ein Glück«, rutscht es mir und Finn heraus.

»Aber wie soll das denn gehen? Lassen wir sie kämpfen, bis einer aufgibt?« Mir kommt das etwas brutal vor. Aber Finn nickt sehr bestimmt und Ella dann auch, nachdem sie Finns Reaktion abgewartet hat.

»Ok, na dann mal alle außer die zwei Streitknäuel raus hier«, zögerlich gehe ich mit Ella und Finn raus. Wir lassen die Tür einen Miniminispalt offen, damit wir im Notfall einschreiten können. Es soll ja keine ernsthaften Verletzten geben, und so wie die beiden miteinander kämpfen, bin ich auf alles gefasst.

Kaum sind wir draußen, tobt es in meinem Zimmer auch schon. Ida will natürlich ebenfalls sehen, was da so passiert. Wir stapeln uns also inzwischen zu viert vor dem Türspalt und halten alle die Luft an.

»Was macht ihr denn da?«, will Mama wissen und mit einem Schwups stehen wir aufgereiht nebeneinander und alle gucken mich an. Na klar. Wie könnte es auch anders sein?

»Naja«, stammle ich. »Wir lassen Minka und Samson ihren Streit einfach sauber unter sich austragen.«

»Aha.« Mama steht da und irgendwie wirkt sie irritiert. »Das ist ja wie bei uns mit Ida und dir. Na dann gutes Gelingen beim Erziehen.«

Und da dämmert es mir. Was für eine saublöde Idee. Die könnte von meinen Eltern sein und eines weiß ich tausendprozentig: Die Erziehungsideen von meinen Eltern sind absoluter Blödsinn. Das muss man mal so ehrlich sagen. Das funktioniert mit Sicherheit kein noch so kleines bisschen! Ich hechte durch meine Zimmertür und Ella und Finn rennen mich fast um, weil sie es natürlich auch sofort kapiert haben. Und dann erstarren wir. Nur Ida nicht, die das vollkommene Chaos in meinem Zimmer mit einem kurzen »Oh, Zoë, das gibt Ärger« zusammenfasst und in ihr Zimmer verduftet.

»Ach du Scheibenkleister«, kommt es auch ganz dünn von Ella.

»Und was jetzt?« Finn hat Augen so groß wie Suppenteller. War ja auch irgendwie seine Idee und dieses Mal eine echt blöde.

»Wir schieben die Kommode davor«, sage ich nach kurzem Inspizieren des Kampfplatzes. »Dann ist schon mal die zerfetzte Tapete weg und ... Ähm ...«

»Lass uns kurz das Zimmer umräumen, das ist eh nicht schön so«, meint Ella und ich bin sprachlos, so direkt ist sie sonst nicht. Muss für sie eine ziemliche Stresssituation sein. Kein Wunder, wenn sie sich sonst nie mit Geschwisterproblemen rumschlagen muss.

Nach nur fünf Minuten stehen wir zu dritt in der Mitte meines Ella-umgestellten Zimmers und klopfen uns begeistert gegenseitig auf die Schulter.

»Sieht tatsächlich besser aus«, meint Finn, »kannst dich ruhig bei Samson und Minka bedanken.«

Wir brechen laut lachend zusammen. Klar, dass Mama da wieder einmal gucken muss. »Oh, hübsch«, trällert sie. »Wollt ihr vielleicht Kakao?«

Irgendwie ist das alles so schräg, dass ich mich frage, ob jetzt alle verrückt geworden sind. Doch mein Problem habe ich immer noch nicht gelöst. Das wird eine harte Nuss. Eins ist aber erst einmal klar, in meinem Zimmer kann nur eines der beiden streitsüchtigen Knäuel wohnen. Samson muss vorerst im Flur schlafen.

Die nächsten Tage zermartere ich mir das Hirn. Und probiere auch so ein paar Dinge aus. Also Würstchenteilen geht nicht. Nein, ehrlich, beim ersten Würstchenteilen war Samson so schnell mit seiner Wurst fertig, dass Minka quasi einmal an ihrer geschnuppert hatte und dann von einem milchzahnigen, knurrenden Samson weggedrängt wurde. Das war übrigens das einzige Mal, dass Minka den Schwanz zwischen die Beine genommen und das Weite gesucht hat. Man mag es nicht glauben, aber Katzen, egal welchen Alters, sind so gemein und blitzschnell mit ihren Krallen, das hält die härteste Hundenase nicht aus.

Kurzum, Teilen ist nichts! Kenn ich ja selber auch. Es gibt nichts Nervigeres als kleine Geschwister, die ihr Eis im Turbo runterlutschen und dann den Mama-ich-bin-doch-so-ein-armes-liebes-Kind-Blick auflegen, um noch die Hälfte von deinem ganz eigenen, einzig für dich bestimmten Eis zu erschnorren. Unmöglich!

Schimpfen war dann das Nächste auf meiner Testliste, kenn ich aus eigener Erfahrung. Das ist dann sehr schnell in Schreien ausgeartet, weil es doch irgendwie unglaublich nervt, wenn man immer das Gleiche sagt und der Ausgeschimpfte einfach nicht hört. Schimpfen regt also alle auf, lässt Minka und Samson aber völlig kalt. Die gehen dann einfach. Nicht zu fassen, oder? Das sollte ich mal mit meinen Eltern machen, einfach gehen, wenn es wieder eine Standpauke gibt. Ich glaube nicht, dass das so gut bei meinen Eltern ankommt. Vielleicht sollte ich mal Bellen oder Miauen? Auch eine blöde Idee.

Doch dann kommt es mir. Total zufällig oder auch nicht, und irgendwie helfen meine Eltern dabei, ohne es zu merken. Ida und ich bekommen einen Mordsärger, weil wir in einer unglaublich günstigen Stunde das Schokoeis leer gemacht haben.

War auch wirklich nötig, denn schließlich ist der Sommer rum und im Winter wird es ganz bestimmt schlecht. Mama und Papa waren da anderer Meinung, und das auch noch so sehr, dass Ida und ich uns genauso einig waren, dass wir eigentlich nichts falsch gemacht hatten. Und da war sie. Die Idee.

Der Plan: Minka und Samson brauchen einen gemeinsamen Feind! Natürlich nicht mich, aber irgendeinen Feind, den sie nur gemeinsam besiegen konnten. Hach, ich bin so genial! Ich überlege kurz, meine Eltern dazu auszuerwählen, aber das scheint dann nicht sonderlich geschickt, und Ida hat einfach nicht das Zeug dazu, die würde nur heulen.

Ich zermartere mir das Hirn, wen ich wohl dazu bestimmen könnte. Am nächsten Morgen frage ich Ella in der Schule, doch das ist so hilfreich wie Sauce im Schuh. Ella ist einfach zu lieb für so was. Aber sie gibt sich wirklich Mühe. Sie schlägt sogar Lissy vor. Ich muss mir wirklich das Lachen verkneifen. Lissy, das winzige, übergewichtige Ding soll Minka und Samson das Fürchten lehren. Vielleicht wenn man ihn verkleidet und mit entsprechenden Krallen und Gebiss ausstattet, ein Halloween für Hamster oder so … Nein, lieber nicht, sonst haben wir am Ende wieder einen Hamster mit Herzkreislaufproblemen.

Finn schlägt, klaro, seine Schwester vor. Aber mit Menschen hat das bei uns zu Hause schon nicht geklappt. Die wird es bestimmt auch nicht reißen und das ultimative Haltet-zusammen-oder-sterbt-Monster für Minka und Samson sein.

Als ich nach Hause komme, höre ich es schon auf der Straße fauchen und bellen und noch etwas. Ja, Mama. Und sie schreit über all das Gebell und Gefauche hinweg. Herrlich! Da will man wirklich sehr gerne nach Hause gehen. Was für ein Idyll!

Ich läute extra kurz, um die Nerven meiner Mutter nicht noch weiter zu strapazieren. Die Tür öffnet sich wie von selbst und Mama rennt weiter hinter unseren verrückt gewordenen Tieren Richtung Wohnzimmer.

Als es abrupt still ist, bekomme ich ein mulmiges Gefühl im Magen und schaue vorsichtig ins Zimmer. Mama steht schnaufend an der Terrassentür und draußen sitzt Minka. Samson kuschelt sich ganz unschuldig an Mama, die ihn schon hinter den Ohren krault. Gut, denke ich. Sie hat sich anscheinend zumindest für eine Seite entschieden und nicht beide zum Teufel gejagt. Das halte ich für ein durchaus gutes Zeichen.

Als Mama sich zu mir umdreht, ändere ich meine Meinung.

»Oh, Zoë, was hast du uns da nur eingebrockt!«

Oh, oh. Das Augenbrauentheater. Weit oben, sage ich, ganz weit oben ist ihre berühmte Augenbraue.

»Das muss ein Ende haben, Fräulein! Ist das klar?«

»Ich arbeite daran, Mama. Ganz ehrlich!«

»Ich arbeite an dir auch schon ein paar Jahre, glaube mir, und das hier lässt mich wirklich zweifeln.«

Ui, das war jetzt wirklich hart! Und ungerecht. Ich merke, wie meine Augen zu brennen anfangen. Ich mache auf dem Absatz kehrt und renne in mein Zimmer. Schluchzend falle ich auf mein Bett. Das war nicht fair. Ich kann doch nichts dafür, dass Samson und Minka lieber streiten, anstatt Kuschelkurs zu fahren.

»Es tut mir leid, Liebes.« Ich spüre Mamas Hand auf meinen Haaren. Ich habe sie gar nicht hereinkommen hören und ignoriere sie weiter. »Die beiden haben mir heute wirklich den Tag zu Hölle gemacht. Entschuldige. Du weißt, dass ich dich unglaublich lieb habe.«

Ich heule inzwischen Rotz und Wasser und kein Taschentuch in Griffnähe, so ein Mist. Mamas haben die aber einfach an jeder Stelle ihrer Kleidung und so schwenkt auch schon eine versöhnliche weiße Fahne in Form eines Taschentuches vor meiner krebsroten Nase. Ich schmiege mich an sie und lasse sie mich einfach mal im Nacken kraulen. Hach, kein Wunder, dass Samson das so mag, das fühlt sich herrlich an!

Plötzlich bellt Samson wie verrückt. Mama und ich gucken uns an.

»Können Katzen Terrassentüren öffnen?«, frage ich skeptisch.

»Eigentlich nicht«, ist Mama sich sicher.

Neben Samson steht schon Ida, schließlich ist sie so neugierig, dass sie überall die Erste ist. Nach einem Blick aus der Terrassentür verstehe ich Samsons Problem und es ist zu schön, um wahr zu sein: Über unseren Rasen tollt ein Knäuel aus zwei wütenden, fauchenden Katzen. Es sieht aus wie ein Waschmaschinenschleudergang. Samson springt an der Tür hoch und bellt. Ida hat schon Tränen in den Augen, aber es sieht auch wirklich etwas beängstigend aus. Die andere Katze ist bestimmt dreimal so groß wie Minka! Ich überlege nicht lange und öffne die Tür. Mamas »Zoë nicht!« kommt zu spät.

Samson stürmt raus, stürzt sich in vollem Hundsgalopp ins

Getümmel und rettet Minka mit einem herzhaften Schnapper nach dem Ohr der anderen Katze. Die scheint nicht ganz zu begreifen, dass ihr Gegner nun etwas größer und stärker geworden ist, und versucht es noch einmal. Aber keine Chance. Samson klärt souverän die Lage und Minka schnurrt ihm um die Pfoten. Jawohl! Das war der perfekte Feind, besser hätte ich es selbst nicht inszenieren können. Und das Beste: Es ist der Kater unserer Nachbarn, der ist also immer da und kann für perfekte Harmonie bei unseren zwei verrückten Vierbeinern sorgen.

»Soll ich uns Kakao machen?«, durchbricht Mama meine Freude.

»Ja, gerne«, lache ich. Ida nickt nur und schmiert sich in feinster Manier den Rotz am Ärmel ab. Und zum ersten Mal, seit Minka und Samson bei uns sind, kann ich einfach nur dasitzen und ihnen beim Spielen zuschauen. Das ist so süß, wie die beiden miteinander kämpfen und über die Wiese rollen. Ich schnappe mir Ida, die sofort quietscht.

»Na, wollen wir kämpfen?«, fordere ich Sie heraus.

»Aber nur, wenn ich der Drache und du die Prinzessin bist«, kommt es da zurück.

»Alles klar, aber du weißt schon, dass Drachen große Angst vor Prinzessinnen haben«, lache ich und jage meiner kichernden Schwester hinterher.

Oh, es läutet an der Tür. Das ist sicher Finn mit Arthur. Wir haben uns überlegt, dass es vielleicht gut wäre, wenn Arthur dem kleinen Samson so ein paar grundlegende Dinge über das

Gassigehen beibringt. Ist einen Versuch wert, finde ich. Wie so eine Großer-Bruder-zeigt-kleiner-Bruder-Kiste. Mal schauen. Ich höre schon, dass Mama Finn wieder vollquatscht. Ich werde ihn mal erlösen.

11. Kapitel

Wer hat hier das Sagen

Das mit Samson und Arthur klappt ganz ausgezeichnet! Naja, also jedenfalls die meiste Zeit. Was kann Samson auch dafür, dass da ein Teich auf der Spazierroute liegt, in dem auch noch gleich ein paar Enten schwimmen? Kaum hat er die entdeckt, sprintet er auch schon los. Es scheint ihm auch nicht schnell genug zu gehen, denn seine Hinterläufe versuchen seine Vorderläufe zu überholen, sodass er mit einem Vorwärtssalto im Wasser landet. Die Enten haben ihn spätestens da bemerkt und heben wild schnatternd ab. Da hilft es auch nicht, dass Samson sie bestimmt höflich, das nehme ich doch mal an, bittet, doch noch einmal zum Spielen im Teich zu baden.

Finn und ich kichern uns echt kaputt, denn das Beste ist, dass Arthur wie ein strenger Lehrer vor dem Teich sitzt und ihn nach dem ganzen Gebelle und Geschnatter mit einem lauten »Wuff!« aus dem Teich befiehlt. Und Samson folgt aufs Wuff. Allerdings hat er natürlich ein Ass im Ärmel: Er stellt sich vor Arthur und schüttelt ganz brav sein Fell aus.

WUFF!

»Och, Samson! Das ist ekelig!«, quietsche ich. Meine Beine sehen aus, als hätte ich auf einmal schleimige Pickel.

»Haha, du siehst aus wie ein pickeliges Froschmonster!«, lacht Finn sich kaputt. Sehr witzig, denke ich und wohl auch Samson, denn der gibt noch mal alles.

»Iiiieh!«, kreischt Finn und wird von Samson auch noch ganz lieb abgeleckt.

»Tja, Vorsicht, Finn! Wer sich mit mir anlegt, der bekommt es mit meinem super, mega, obercleveren Hund Samson zu tun.«

Finn guckt so blöd aus der Wäsche, dass ich mich vor Lachen

auf die Wiese schmeiße und auch noch einen ordentlich nassen Hundekuss von Samson kassiere. Na spitze!

Wie die Oberferkel, um gleich mal Mamas Schimpftirade vorwegzunehmen, kommen wir dann wieder zu Hause an. Wenn ich nach jedem Spaziergang mit Samson so aussehe, brauche ich dringend mehr Klamotten. Bleibt nur zu hoffen, dass das nicht so bleibt. Sonst bekommt Mama wieder Schnappatmung, weil die Viecher ihr die Haare vom Kopf fressen. Denn leider ist es ja nicht nur das, was so ein klitzekleines bisschen unter unseren neuen vierbeinigen Familienmitgliedern leidet. Nein, ganz und gar nicht!

Den Oberhammer leistet Samson sich zwei Tage später. Also jedenfalls aus Mamas Sicht. Ich finde das gar nicht sooo schlimm. Ich putze mir gerade die Zähne, als es im Flur heftig zu schimpfen und zu schreien beginnt. Schnell gehe ich im Kopf durch, ob ich kurz davor bin, einen von Mamas sehr gefürchteten Anschissen zu bekommen, doch ich bin mir sicher, eine absolut reine Weste zu haben.

»Verflucht noch mal! Das kann nicht wahr sein! Das sind meine besten Pumps! Was fällt dir ein!«, krakeelt es, als ich ganz vorsichtig um die Ecke gucke. Vor Mama sitzt Samson. Oh Kacke, denke ich, und traue mich keinen Schritt weiter.

»Gib den her!«, kommandiert Mama weiter, doch Samson hat den roten Lackpumps ganz fest zwischen den Zähnen und scheint sich genau so sicher wie Mama zu sein, dass das seiner ist.

»Was ist denn los?«, will nun auch Papa wissen.

»Schau dir das an! Das Wollknäuel hat meine Pumps zerbissen!« Mamas Gesicht nimmt wieder diese gefährliche rote Tönung an. Gleich explodiert der Kochtopf, denke ich, und versuche den Rückzug anzutreten.

»Du bleibst schön hier, Fräulein!«, donnert es da auch schon aus dem Mund meiner Mutter. Ich drehe mich in Zeitlupe um und versuche mein entspanntestes Lächeln auf mein Gesicht zu zaubern.

»Ich weiß nicht, was es da zu grinsen gibt«, schießt es da auf mich ein. Mist, falsche Geste.

»Ich grinse nicht. Ich …« Weiter komme ich nicht, denn nun kommt die befürchtete Explosion.

»Das will ich dir auch geraten haben! Schau dir diese Schweinerei an! Kannst du mir verraten, wer die ersetzt?«

»Äh …«, stammle ich. Woher soll ich das wissen?

»Genau, wieder mal keine Ahnung!«

»Also Moment mal, das ist ja wohl nicht meine Schuld. Schließlich kann ich nichts dafür und Samson gehört uns allen.« Zack und Treffer. Mama kippt die Kinnlade herunter. Schachmatt! Ich versuche nicht zu grinsen, das wäre jetzt echt schlecht. Papa ist ähnlich sprachlos, verfügt aber über etwas bessere Reflexe.

»Weißt du was, ich schenke dir neue. Du hast doch bald Geburtstag, dann habe ich nun endlich auch ein Geschenk für dich.«

Ups, Papa, das war nur halb gut, aber immerhin hat er sich bemüht.

»Ja, dann gehe ich dieses Jahr mal nicht leer aus«, schnippt es Mama über die Lippen, während sie an uns in Richtung Küche vorbeizischt.

Ich klopfe Papa auf die Schulter, der einen noch besseren Hundeblick als Samson draufhat: »Tja, Paps, hast es versucht«, und verziehe mich schnell in mein Zimmer. Samson wackelt mir mit seiner Beute im Maul hinterher.

Nachts werde ich wach, weil mir einfach unglaublich kalt ist. Ich ziehe und zerre an meiner Bettdecke, aber die wiegt Zentner und bewegt sich nicht einen Millimeter.

»Och, Samson«, maule ich. Doch nicht nur Samson, auch Minka liegt am Fußende meines Bettes ganz urgemütlich in meine schöne große Federdecke gekuschelt. Nicht dass die beiden nicht ein eigenes Bett hätten. Ich schubse sie unter tierischem Murren vom Bett und kuschle mich wieder ein. Der Wecker sagt 4:00. Schnell noch mal die Gucker zudrücken und ausruhen, bevor das doofe Gerät mich wieder aus meinen Träumen schrillt.

Ich bin gerade wieder am Einschlummern, da zerrt und wurschtelt es schon wieder an meiner Decke.

»Echt jetzt!«, schnippe ich hoch. »Ihr verzieht euch jetzt aber mal rucki, zucki in eure Körbchen!«, kommandiere ich und schaue wohl so finster, dass beide mit eingezogenem Schwanz von meinem Bett hüpfen.

Um 6:00, mein Wecker hat noch NICHT geklingelt, ist in meinem Zimmer offensichtlich ein Krieg ausgebrochen! Jedenfalls klingt es so. Es rumst, faucht, bellt und miaut gleichzeitig. Unter allergrößter Anstrengung öffne ich meine Augen. Ich fühle mich, als wäre ein Lastwagen gleich zehnmal über mich gerollt und hätte dann auch noch auf mir gewendet.

»Was is'n nu schon wieder«, nuschle ich. Die Antwort ist weiteres Bellen und Fauchen. Klar, was hatte ich auch anderes erwartet?

Ich quäle mich in eine Beinahe-Sitzhaltung und wünsche mir im gleichen Augenblick, ich hätte eine Kamera zur Hand. Das Schauspiel, das Minka und Samson mir bieten, ist zum Schreien und offenbar so lautstark inszeniert, dass nun auch Mama, Papa und Ida ihre Köpfe durch meine Tür stecken.

»Was macht der Samson da?«, fragt Ida. »Darf ich da mitspielen?«

»Ähm, lieber nicht, Schatz«, zieht Mama sie schnell aus der Schusslinie, denn Samson wirbelt gerade wieder sein Kissen quer durch den Raum, auf dem Minka wie festbetoniert sitzt und es offensichtlich jetzt für ihr Bett hält.

»Das ist ein astreiner Streit«, erkläre ich Ida. »Die haben das sogar noch besser drauf als wir«, dabei ziehe ich sie auf mein Bett und knuddle sie mal ordentlich durch.

»Lass das, Zoë!«, quiekt sie.

»Was machen wir denn nun, ich dachte das hätten wir endlich hinter uns.« Mama ist offensichtlich überfordert, dabei

weiß sie doch sonst immer Bescheid. Nur weil das eine Katze und ein Hund sind, hat Frau Oberbefehlshaber kein Kommando mehr? Na, das hätte mir mal einer verraten sollen, dann würde ich mich einfach regelmäßig verkleiden und hätte nichts mehr zu befürchten. Pah!

»Ich geh mal Kaffee kochen«, dreht Papa sich um.

»Du kannst doch jetzt nicht einfach gehen«, Mama bekommt ganz entsetzte Kulleraugen. »Wer weiß, was die alles kaputt machen?!?!«

»Die müssen das unter sich klären.«

»Ja, das ist bei den Kindern auch immer dein Spruch.«

Ok, denke ich. Könnt ihr das bitte woanders ausdiskutieren? Das geht mich ja echt nichts an und ich habe beim besten Willen andere Sorgen. Schließlich toben die zwei verrückten Viecher gerade durch mein Zimmer. In dem Moment macht es zweimal PLOPP und RUMMS und einmal RATSCH und ich sitze in einem Federregen. »Hatschi!« ist alles was ich noch zu sagen habe.

»Ich hol den Staubsauger, Schätzchen«, säuselt Mama, glücklich darüber, eine Lösung zu haben und endlich wieder ihres Amtes walten zu können. Samson und Minka quetschen sich derweil gemeinsam in Minkas Körbchen und halten die Pfoten still.

»Wehe, ihr spinnt wieder rum«, wedle ich mit dem Zeigefinger und schlurfe Richtung Frühstück. Nach der ganzen Aufregung und dieser echt miesen Nacht brauche ich was Ordentliches, sonst schlafe ich in Mathe ein.

Als ich die Woche darauf, ich zähle bereits die Stunden bis zu den Ferien, nach Hause komme, steht Mama schon mit verschränkten Armen und wippendem Fuß in der Tür und erwartet mich.

»Hallo«, strahle ich sie an und versuche die Stimmung etwas zu heben.

»Komm mal mit in dein Zimmer.« Ohne ein weiteres Wort macht meine Mutter auf dem Absatz kehrt und schreitet wie eine Grande Dame die Treppe hoch. Ok, das ist nicht gut. Das kenne ich schon.

Sie lässt meine Tür vor mir aufschwingen und ich suche fieberhaft nach dem Problem.

»Die Tapete«, kommt die freundliche Unterstützung von meiner Mutter. Tapete, Tapete, ich sehe es immer noch nicht.

»Brauchst du eine Brille, Zoë? Da hinten sind nur noch Fetzen!«

»Oh-ooh«, mache ich und werde etwas kleiner. »Minka?«, frage ich ganz hilflos.

»Ja, wer denn sonst«, schnippt Mama zurück. »Ich setze mich bestimmt nicht in dein Zimmer und pople Tapete von den Wänden.«

»Wo ist sie denn jetzt?«

»Draußen! Und da bleibt sie auch erst einmal!«, spricht der Oberbefehlshaber.

Ehrlich gesagt finde ich es nicht so schlimm. Die rosa geblümte Tapete habe ich sowieso lange satt, es ist eigentlich längst mal eine Zimmererneuerung fällig. Sage ich aber besser nicht, das wäre jetzt echt zu gefährlich. Dann sitze ich am Ende zusammen mit Minka vor der Tür.

»Vielleicht braucht sie einen Kratzbaum?«, schlage ich vor.

»So weit war ich selbst schon, Zoë. Aber das macht das Desaster da an der Wand auch nicht mehr weg. Morgen wird tapeziert!«

»Morgen? Aber da wollte ich doch bei Ella übernachten!«

»Ist gestrichen! Und heute Abend spreche ich mit Papa. Ich denke, es ist besser, wenn wir die Tiere wieder abgeben.«

»Nein, Mama, bitte nicht!«, flehe ich.

»Zoë, ich habe einfach genug. Die machen hier alles kaputt. Glaubst du, ich kann mir ständig neue Schuhe kaufen oder permanent dein Zimmer streichen? Ganz gewiss nicht!«

Und damit marschiert sie wieder die Treppe runter. Ich sitze da wie ein begossener Pudel. Mir ist so schlecht und der Kloß in meinem Hals ist so riesig, dass ich das Gefühl habe, keine Luft mehr zu bekommen. Ich springe auf und renne in den Garten.

»Minka«, hauche ich, denn mehr bekomme ich nicht über die Lippen. Die kleine Katze kommt angetollt und ich nehme sie fest in den Arm und drücke mein Gesicht in ihr warmes, weiches Fell. Dann kann ich nur noch heulen.

12. Kapitel

Nur nicht aufgeben

Ich will meine Haustiere nicht mehr hergeben, das weiß ich so sicher wie ich Zoë heiße. Das ist doch nicht fair! Wieso dürfen Erwachsene immer solche Sachen bestimmen? Was kann denn Samson dafür, dass er Schuhe so toll zum Spielen findet, und warum ist Minka schuld, wenn sie keinen Kratzbaum hat? In meinem Kopf hämmert es. Was soll ich nur machen?

Bis Papa nach Hause kommt und der hohe elterliche Rat tagt, muss ich eine Lösung haben. Irgendeine Idee. Aber mein Kopf ist wie leer gefegt. Da ist nichts drin. Verdammt!

Ich schleiche zum Telefon und wähle Ellas Nummer. Es klingelt bestimmt tausendmal, aber keiner geht ran. Wo ist meine Freundin, wenn ich sie brauche? Ok, Finn. Bitte sei du wenigstens da.

»Ja?«, meldet sich Finns große Schwester am anderen Ende.

»Hi, hier ist Zoë, ist Finn da?«

»Nee, der ist auf'm Bolzplatz. Soll ich was ausrichten?«

»Äh, nein, danke. Ich probier's später noch mal. Tschüs«, sage ich und springe in meine Turnschuhe.

Ich bin so aus der Puste, als ich am Bolzplatz ankomme, dass ich mich erst mal setzen muss.

»He, Zoë, du unsportliche Tomate«, begrüßt mich Finn mit einem Klaps auf den Rücken, dass ich auch noch husten muss.

»Hey, lass das. Ich hab absolut keinen Bock auf blöde Späße, ok?«

»Ok. Was ist denn mit dir los?« Und da platzt es aus mir raus. Ich fang auch wieder an zu heulen, aber irgendwie ist mir das wirklich total schnuppe. Soll Finn mich für eine Heulsuse halten, hier geht es um so viel.

»Au Backe, das ist echt oberkacke.« Mit einem Mal ist Finn so betrübt wie ich. »Da muss ein verdammt guter Plan her, das ist mal sicher.«

»Jep, aber ich habe gerade so viele Ideen wie 'ne gepellte Wurst.« Ich merke, wie meine Augen wieder zu brennen anfangen und sich die Tränen an die frische Luft drücken wollen, aber jetzt ist echt genug mit Flennen. Taten müssen her. Ich kaue an meinem Daumennagel, bis er ratzekurz ist. Da springt Finn auf.

»Ich hab 'ne Idee.« Er strahlt wie ein Honigkuchenpferd und erinnert mich direkt an Ella.

»Ok«, so viel überschwängliche Freude macht mich immer extrem skeptisch, aber jeder Vorschlag ist mir gerade recht. »Lass hören.«

»Ok, das ist aber echt extrem.«

»Oh, Finn, mach es nicht so spannend. Sag schon!«

»Also gut. Du hast doch auch schon mal Mist gebaut und was kaputt gemacht, oder?«

»Ja klar, und?«

»Naja, haben deine Eltern dich deswegen gleich irgendwo abgegeben?«

»Nein, natürlich nicht!«

»Eben! Die reden doch immer von Erziehung und Regeln und so. Also müsst ihr eure Tiere klar auch erziehen, sonst müsstest du auch einfach weggehen, weil du ja offensichtlich auch schon das ein oder andere verbockt hast.«

Ich gucke ihn mit offen stehendem Mund an und meine Augen sind bestimmt so groß wie Suppenteller. »Du meinst, ich soll ihnen drohen, dass ich weg bin, wenn sie die Tiere abgeben?«

»Ja«, platzt es voller Begeisterung aus Finn.

»Das ist Erpressung.«

»Nein, Erziehung«, grinst Finn so frech, dass ich ihn beinahe geknutscht hätte.

»Das ist echt extrem, aber auch extrem gut!«, sage ich und boxe ihm gegen die Schulter.

»Machst du's?«

»Habe ich eine Wahl? Klaro!«, lache ich auf und zum ersten Mal seit dem Streit mit meiner Mutter habe ich das Gefühl, wieder atmen zu können.

»Danke, Finn, aber ich muss jetzt los, mich vorbereiten.«

»Kein Ding. Ruf mich an. Ich will wissen, wie es gelaufen ist.«

»Mach ich! Bis später!« Ich schlendere nach Hause und grüble, wie ich es am besten sage. Ich will ja auch nicht, dass es am Ende in die Hose geht, aber einfach aufgeben kommt nicht in die Tüte!

Mama muss Papa nach Hause kommandiert haben, denn als ich ankomme, ist sein Auto in der Einfahrt. Mist. Die haben sich bestimmt schon abgesprochen. Aus der Küche höre ich tatsächlich eine heftige Diskussion. Immerhin sind sie sich mal nicht einig. Das ist gut. Ich weiß immer noch nicht, wie ich es sagen soll, und laufe mal wieder eine Furche in den Boden vor der Küchentür. Egal. Ich muss einfach da durch.

Ich stoße die Tür auf, und ohne zu warten, poltere ich los: »Wenn ihr die Tiere abgebt, gehe ich auch!«

Oh Gott, habe ich das echt gesagt? Der elterliche Rat glotzt mich entsetzt an. Aber es kommt kein Mucks. Ich hole tief Luft. Das ist meine Chance.

»Ich habe auch schon viel kaputt gemacht. Deine Vase zum Beispiel, Mama. Und, äh, also das mit Papas altem Handy war ich auch. War aber keine Absicht, ich wollte nicht, dass es ins Klo fällt, und naja, trocken föhnen hat nicht geholfen … aber … egal. Deswegen habt ihr mich doch auch nicht weggeschickt, oder?«

Draußen zwitschert ein Vogel vorm Fenster. Irgendwie unpassend, die fröhliche Melodie, während ich hier alles in die Waagschale schmeiße, um meine Haustiere zu retten.

»Natürlich nicht«, sagt Mama, die als Erste wieder sprechen kann. »Das ist auch nicht dasselbe, Zoë, Liebes.«

»Doch, ist es!« Ich stampfe auf und kneife mir selbst in die Hand, damit ich nicht wieder heulen muss.

»Zoë, du und Ida seid unsere Kinder, die würden wir nie weggeben.«

»Genau! Und Samson und Minka sind unsere Tiere und um die müssen wir uns auch kümmern und sie erziehen, so wie ihr mir das immer sagt. Oder ist das nur ein doofer Spruch von Erwachsenen?«

Papa steht auf und kommt auf mich zu, und als er mich in den Arm nimmt, kann ich nicht mehr. Mein Körper wird förmlich durchgeschüttelt, so heftig muss ich weinen.

»Du hast vollkommen recht, Zoë«, sagt er ganz leise. »Deine Mama

und ich, wir sind sehr stolz auf dich. Und nein, es ist nicht nur ein doofer Spruch.«

»Ehrlich?«, krächze ich und sehe das Gesicht meines Vaters kaum, weil meine Augen einfach nicht aufhören können, das ganze Wasser aus meinem Körper zu spülen.

»Ja, ab Montag geht Samson in die Hundeschule und für Minka habe ich schon einen Kratzbaum besorgt.« Ich drücke meinen Papa so fest, dass mir die Arme schmerzen. Mama streicht mir über die Haare und gibt mir einen Kuss.

»Kann ich dann vielleicht doch bei Ella übernachten?«

»Übertreib es nicht, Zoë.« Mama ist nicht so leicht weichzukriegen. Schade eigentlich.

Ich rufe Ella an und erzähle ihr erst einmal das ganze Drama. Ella liebt solche Dramen und ist begeistert über das Happy End meiner Geschichte. Doch das Allerbeste ist, dass die kleine Es-ist-doch-alles-halb-so-schlimm-Gute-Laune-Fee Ella auch gleich eine Idee hat, um das Übernachtungsproblem zu lösen.

»Mensch, Zoë. Dann komm ich einfach zu dir! Am besten, Finn kommt auch und hilft, dann können wir abends noch 'nen Film zusammen schauen. Ich habe da so eine schöne Komödie …«

»Äh, Ella, bitte keine Liebesschnulze«, unterbreche ich meine Freundin schnell. Ella liebt echt die schlimmsten Liebesfilme, da schleimt es förmlich aus dem Fernseher, wenn man die anguckt.

»Und vor allem ist das auch nichts für Finn«, packe ich noch das K.o.-Argument für Liebesfilme obendrauf. Hoffentlich. Falls Finn mir in den Rücken fällt, muss ich unsere Freundschaft noch mal überdenken.

»Stimmt, aber wenigstens ein Drama«, bettelt Ella.

»Mal schauen. Ich rede kurz mit meiner Mutter, ok?«

»Klar, bis gleich!«

Finn ist auch mit dabei. Der war ja so was von den Socken, als ich ihm alles haarklein erzählt habe. Tja, ein bisschen stolz bin ich auch darauf und so froh, einen Freund wie Finn zu haben mit solchen prima Ideen. Aber jetzt muss ich Mama noch von Ellas Plan überzeugen.

»Mama«, klopfe ich vorsichtig an ihre Bürotür.

»Ja, Zoë?«

»Ich habe eine ganz tolle Lösung.«

»Ich höre.« Ihre Augenbraue schnippt nach oben. Ganz sachte, Zoë, nur nicht verbocken.

»Du hast doch im Moment ganz viel zu tun und bist über jede Hilfe bestimmt dankbar.« Ich mache eine kurze Pause, aber außer dass Mamas Augenbraue bis zu ihrem Haaransatz zu wandern scheint, passiert nichts. »Also Finn und Ella würden morgen mit mir mein Zimmer renovieren. Du müsstest uns nur helfen, die Farbe zu kaufen und …«

»Ja, und?«

»Und als kleines Dankeschön dürften wir einen Film gucken und beide dürften hier übernachten?« Ich gucke so lieb und unschuldig wie möglich, was so verdammt anstrengend ist, dass ich beinahe einen Gesichtskrampf bekomme. Ich halte die Luft an und lächle, was das Zeug hält.

»Lass mich überlegen, Zoë«, lehnt Mama sich in ihrem Bürosessel zurück. Ich beobachte aber ganz genau, wie die Augenbraue in ihre gewohnte Position fährt. Das ist kein schlechtes Zeichen!

»Also gut!«

»Jippie! Du bist die Beste!«, falle ich ihr um den Hals.

»Einen Moment noch, Zoë.« Ich halte wieder die Luft an. »Ihr macht das ordentlich und ich will kein Theater oder Farbflecken auf dem Teppich oder sonst wo im Haus.«

»Ehrenwort!« Ich gebe Mama einen dicken Kuss auf die Wange.

»Nun ab mit dir, ich muss heute noch etwas fertigbekommen«, drückt mich Mama und ich hüpfe zum Telefon. Diese frohe Nachricht muss sofort mitgeteilt werden. Und ich weiß auch schon, welche Farbe ich will – Himmelblau, sonst nichts! Natürlich bedanke ich mich bei Minka mit einer Extraportion Frischfutter für die gelungene Aktion. Endlich keine rosa Blümchentapete mehr!

Das Hellblau sieht super aus in meinem Zimmer. Wir sind fast fertig, als Finn die Zimmertür offen stehen lässt und Minka sich reinschleicht. Ella und ich sitzen an der letzten Wand, der Farbeimer ist so gut wie leer. Ganz ehrlich, wir haben es nicht gesehen, doch Minka marschiert über den verschmierten Farbeimerdeckel, und was soll ich sagen, verschönert meinen Teppich mit einem wirklich entzückenden Pfotenmuster. Ella sieht es zuerst und quietscht nur, während sie hektisch auf die Pfotenabdrücke zeigt.

»Oh Scheiße«, rutscht es mir raus. »Schnell, Finn, hol 'nen nassen Lappen!«

Finn hastet zur Tür hinaus und ist in Lichtgeschwindigkeit mit einem nassen Lappen zurück. Alle Achtung, denke ich, der ist ja echt mal fix. Wir rubbeln wie die Verrückten den Teppich sauber, als Ella wieder freudestrahlend eine ihrer Ideen hat. Sie trällert los und ich kann ihr kaum folgen, weil sie wieder so schnell schnattert, dass mir die Ohren klingeln. An Finns Gesicht lese ich ab, dass er in etwa das gleiche Problem hat. Als Ella fertig ist, sagen wir beide gleichzeitig: »Geht das auch in langsam?«

»Ihr seid echt solche Schnarchnasen«, mault Ella beleidigt. »Hast du noch eine andere Farbe oder Wasserfarben?«, fragt sie mich.

»Klaro.« Ich gebe ihr meine Fingerfarben und Ella nimmt Minkas Pfote, taucht sie in die Farbe und macht Pfotenabdrücke an die Wände.

»Genial«, hauche ich. »Das sieht oberklasse aus!«

»Ich hole Samson«, und schon ist Finn die Treppe runtergehechtet.

Über die ganze Wand verteilen wir kunterbunte Pfotenabdrücke von Samson und Minka. Das sieht wunderwunderschön aus!

»Ella, du bist einfach unglaublich«, umarme ich meine Freundin, als wir fertig sind. Jetzt haben wirklich alle mitgeholfen, dass das Desaster, wie Mama es nennt, wieder perfekt in Ordnung gebracht ist. Wir sind aber so fertig nach der ganzen Streicherei, dass wir gesammelt auf der Hälfte des Filmes einschlafen. Das ist mir auch noch nicht passiert. Aber so ein Zimmer streichen ist echt anstrengend, dass mache ich so schnell nicht wieder. Wehe, Minka macht noch mal so einen Mist, dann kann sie das aber alleine wieder geradebiegen!

13. Kapitel

Wie Katz und Hund

Endlich Herbstferien! Und wie ich mich darauf freue, mal ein bisschen länger zu schlafen. Aber daraus wird nichts. Wäre ja auch zu schön gewesen. Pünktlich um sechs Uhr zupft einer meiner Vierbeiner an meinem Schlafanzug herum – Minka zieht es vor, pünktlich zu frühstücken.

Als Minka auch noch ihre Krallen zum Einsatz bringt, bin ich überzeugt. Mühsam schwinge ich meine Beine aus meinem kuschelig warmen Bett.

Ich schlurfe nach unten und fülle ihr Näpfchen mit etwas Trockenfutter. Während ich die Packung in den Schrank zurückstelle, sehe ich noch, wie etwas Kleines, Braunes unter den Küchenschrank huscht. Ich drehe mich blitzschnell um und sehe ein Schwänzchen unter dem Schrank verschwinden.

»Minka, nicht schon wieder!«, schimpfe ich meine Katze an, die einfach frisst, als sei ihr völlig entgangen, dass sie zum zweiten Mal in einer Woche eine lebendige Maus mit nach Hause gebracht hat. Oh Mann, wenn das Mama mitbekommt. Die war schon bei der ersten völlig aus dem Häuschen und kurz davor, alle Haustiere ins Tierheim zu fahren. Als die kleine, winzige Maus panisch piepsend in die Küche rannte, ist Mama in einem Affenzahn auf die Küchentheke gehüpft. So schnell habe ich meine Mutter noch nie auf irgendein Möbel springen sehen! Ich wette, sie hat in dem Moment einen neuen Weltrekord aufgestellt. Ich habe ihr nicht zu dieser Leistung gratuliert. Ihre Hilfe-da-ist-ein-Ungeheuer-in-meinem-Haus-Miene hat mich davon abgehalten. Und natürlich die langjährige Erfahrung, dass man manche Bemerkungen lieber nicht macht, wenn man seine Ferien nicht mit Hausarrest verbringen will. Wenn Mama panisch ist, ist ihr mit Vernunft leider nicht mehr beizukommen. Ist mit Papa genauso, nur wird das da meistens vom Computer ausgelöst. Minka hat dann zum Glück das Problem behoben, doch nun scheint sie das nicht zu wollen. Ich möchte aber auch nicht, dass Mama die Maus zu Gesicht bekommt. Verflixt, dass man hier immer die Probleme der anderen lösen muss!

»Minka, fang die Maus!«, befehle ich.

»Miau!«, bekomme ich zu hören und schon frisst diese freche Katze einfach weiter. Scheibenkleister und Hasenknödel! Wenn die Katze nicht will, muss eben der Hund herhalten, denke ich und rufe Samson zu mir.

»Samson, fass die Maus! Fass die Maus!«, doch Samson schaut nur Minka an und macht kehrt. Das darf doch nicht wahr sein! Diese Vierbeiner! Jetzt halten die auch noch zusammen!

Da lacht es hinter mir. Na prima!

»Du musst wohl noch ein wenig an deiner Autorität arbeiten, Zoë«, prustet es aus Papa heraus.

»Sehr witzig, Papa!« Ich sacke zusammen wie ein Mehlsack. Das wird ja immer besser hier.

»Du weißt schon, warum Minka die Mäuse lebendig mitbringt, oder?«

»Nein, wieso?« Meine Augen weiten sich und mein Körper richtet sich langsam wieder auf. Hat Papa etwa die Lösung?

»Naja, du bist Minkas Familie und sie will dir das Jagen beibringen«, grinst Papa mich verschmitzt an.

»Wie bitte, ich soll die Maus fangen?« Meine Stimme überschlägt sich beinahe und ich bin geneigt, Mamas Weltrekord im Möbel-Hinaufspringen zu brechen.

»Eigentlich schon, aber so wie es aussieht, wirst du deine Minka wohl enttäuschen.« Im Vorbeigehen gibt Papa mir einen aufmunternden Klaps auf die Schultern und holt sich dann einfach eine Kaffeetasse aus dem Schrank.

Tolle Hilfe! Da bin ich ja jetzt viel weiter als noch vor fünf Minuten. Ich verfalle wieder in meine Mehlsackposition. »Und was mache ich jetzt?«

»Du hoffst, dass Minka die Maus fängt, und ich hole nachher eine Lebendfalle aus dem Baumarkt.« Dabei gießt Papa sich ganz entspannt Kaffee ein und nimmt seine Zeitung. Als er die Badtür ins Schloss schnappen hört, schnippt sein Kopf hoch und unsere Blicke treffen sich.

»Ok, Planänderung, Zoë!« Wir wissen beide, was die Badtür

bedeutet, und wollen ein Panikgeschrei nicht diesen schönen ruhigen Ferienmorgen zerstören lassen.

Als hätte Samson gemerkt, dass hier gleich etwas ganz Witziges passiert, trottet er wieder von seinem Kissen zu uns – er hat natürlich ein neues bekommen, damit ich mein Bett für mich behalten darf – und setzt sich neben die immer noch fressende Minka. Die Maus ist anscheinend auch neugierig geworden oder Mama hat einfach wieder zu gründlich unter den Schränken gewischt und das kleine Dings mit großen Ohren hat Angst, den Hungertod zu erleiden, und gesellt sich zu uns mitten in die Küche.

»Hol Käse!«, krächzt Papa nervös und es kommt mir so vor, als würde sich jetzt Papas Stimme beinahe überschlagen. »Leg eine Käsekrümelspur zur Terrassentür!«

»Oh, geniale Idee, Papa! Wie bei Hänsel und Gretel!«

»Genau!«

Wir geben uns ein High-five auf die grandiose Strategie. Doch die Maus rührt sich nicht. Stattdessen entdeckt Samson seine Liebe zu Käse und schlabbert ein Stückchen nach dem anderen auf.

Egal wie oft ich »Aus, Samson!« zische, er macht einfach weiter und setzt sich danach wieder neben Minka. Das kann jetzt echt nicht wahr sein! Papas Augen wandern zwischen der Badtür und der Maus hin und her.

Allmählich wird mir kalt, schließlich ist es schon Oktober und der Sommer nun wirklich vorbei. Wenn die Terrassentür noch länger offen steht, werde ich bestimmt an Lungenentzündung sterben. Ich tripple von einem Fuß auf den anderen. Dann haben Papa und ich denselben Einfall und wir stürzen uns zeitgleich auf die Maus. Wir rennen von rechts nach links und greifen immer ins Leere. Papa hechtet einmal quer durch die gesamte Küche, nur um dann mit einem Bauchklatscher auf den gefliesten Boden zu knallen.

So viel Einsatz zeige ich nicht, das ist mir deutlich zu schmerzhaft. Ich bin mir auch nicht ganz sicher, ob ich die Maus überhaupt anfassen will! Minka und Samson sitzen einfach nur da und beobachten uns. Ich frage mich, ob sie heimlich über uns lachen oder uns für völlig bekloppt erklären. Ich habe fast den Eindruck, jedes Mal, wenn wir die Maus wieder nicht fangen, verdreht Samson die Augen und Minka seufzt.

Die Klospülung rauscht im Badezimmer, was bedeutet, dass das letzte Stündlein Morgenruhe geschlagen hat, wenn nicht gleich …

Und da geschieht es. Völlig lässig, in allerfeinster Katzenmanier, erhebt sich Minka. Samson guckt kurz und wackelt ihr schwanzwedelnd hinterher. Die Maus, die sich gerade nach dem schönen Fangenspielen putzt, piepst, rennt erst auf Samson zu,

macht kehrt, und WUTSCH, hat Minka sie mit einem Hieb ihrer Tatze erwischt und schnappt sie mit dem Maul.

So wäre das also gegangen.

»Na, hast du gut aufgepasst«, knufft Papa mich. »So fängt man Mäuse!«

»Sehr witzig.« Aber ich bin erleichtert, dass alles noch rechtzeitig geklappt hat.

»Oh, wie schön, ihr habt schon Kaffee gekocht«, trällert Mama und schenkt sich den Kaffee, von dem Papa leider noch keinen einzigen Schluck trinken konnte, ein. Papa und ich schauen uns nur an. Maus Nummer 2 bleibt unser Geheimnis. Die Vierbeiner können einen ja nicht verpetzen.

Am Nachmittag kommt Ella vorbei. Sie will mir unbedingt diese neue CD vorspielen, irgendeine Französin, deren Namen

ich nicht aussprechen kann. Klingt aber echt gut! Geschmack hat Ella ja, was Musik angeht, meine ich.

Wir sitzen auf meinem Bett und ich kraule Samson ein wenig, während Minka schnurrend Ella ihren Bauch entgegenstreckt.

»Hast du schon einen Plan für die Ferien?«, fragt Ella plötzlich.

»Was für einen Plan, Ella, es sind Ferien! Mein Plan ist, keinen Plan zu haben«, ich schmeiße mich der Länge nach aufs Bett, um meinen Worten den richtigen Nachdruck zu geben.

»Och, Zoë, jetzt sei nicht so langweilig!« Ella baut sich mit in die Seiten gestemmten Fäusten vor mir auf. »Wir könnten wieder mal zum Bauernhof oder mit Finn wieder einen Flohmarkt machen oder wir könnten alle drei ins Hallenbad oder …«

»Oder einfach mal faulenzen«, grinse ich sie an.

Ella fällt mit einem Seufzer neben mir aufs Bett. »Aber nur heute!« Mit ernster Miene starrt sie mir in die Augen.

»Ok!«, willige ich ein und lache.

Ich kraule Samson noch ein bisschen weiter, als der sich plötzlich erhebt und mit Minka Plätze tauscht. Ella und ich prusten los.

»Hast du das gesehen?« Ich muss fast heulen, so doll lache ich. Ella geht es nicht anders.

»Klar! Die halten ganz schön zusammen«, kichert Ella. Ich sehe Ella an und da wird mir erst klar, wie recht sie hat. Von wegen Katzen und Hunde mögen sich nicht.

»Ja, genau wie wir!«, sage ich und kuschle mich neben meine beste Freundin.

© Jasmin Bogade

Maria Bogade arbeitete nach ihrem Studium an der HdM in Stuttgart zunächst im Animationsfilmbereich. Die Liebe zu Pinsel und Papier zog sie dann aber 2011 ganz in ihren Bann und seitdem ist sie freischaffende Illustratorin und Autorin. Mit ihrer Familie lebt Maria Bogade im Herzen des Schwäbischen Waldes.

© privat

Cathy Ionescu, geboren 1984 in Koblenz, aufgewachsen in Dortmund und Münster, studierte Design und Illustration in Münster und Seoul. Sie lebt und arbeitet als Kinderbuchillustratorin in Münster.

Jan Andersen
Dusty –
Freunde fürs Leben

ca. 160 Seiten, ISBN 978-3-570-22641-4

Als Paul eines Tages allein unterwegs ist, lauert ihm eine Bande auf.
Sie wollen sein Geld, und Paul weiß: Gegen die hat er keine Chance.
Doch da taucht plötzlich dieser völlig verwilderte Hund auf –
und schlägt die fünf Typen in die Flucht. Von dieser Minute an weicht
der Hund dem Jungen nicht mehr von der Seite. Paul spürt genau,
dass Dusty auf der Suche ist. Aber wonach? Und warum nennen ihn
die Leute den „Killerhund"? Schritt für Schritt kommt Paul einem
schrecklichen Geheimnis auf die Spur. Er ist sicher, dass Dusty
unschuldig ist. Aber kann er es beweisen?

www.cbj-verlag.de

Carola Wimmer
Hope –
Sprung ins Glück

ca. 160 Seiten, ISBN 978-3-570-22628-5

Als Leonie sich den Knöchel bricht, bedeutet das nicht nur das Aus für ihre Karriere als Eiskunstläuferin. Sie muss auch das Sportinternat verlassen und zurück in ihre Heimatstadt, wo ihr die neuen Mitschüler einen Neuanfang schwer machen. Der Zufall führt sie auf den benachbarten Pferdehof, wo sie auf Hope trifft. Sie spürt sofort, dass sie und das Pferd eine besondere Verbindung haben, doch die Besitzer verbieten ihr den Umgang mit dem Tier ...

www.cbj-verlag.de

Geoff Rodkey

TAPPER TWINS

LENI und BEN sind Geschwister. Sogar ZWILLINGE.
Und dabei so was von unzwillingsmäßig, dass sie sich mächtig auf die
NERVEN gehen. Unter Geschwistern ganz normal, oder? ODER ...???
... Streiche waren gestern.
Jetzt sind die Fronten abgesteckt.
Der KRIEG kann beginnen ...

Tapper Twins –
Ziemlich beste Feinde
Band 1, 224 Seiten,
ISBN 978-3-570-17170-7

Tapper Twins –
Gemeinsam sind wir unerträglich
Band 2, 272 Seiten,
ISBN 978-3-570-17233-9

Tapper Twins –
Regieren die Welt
Band 3, ca. 272 Seiten,
ISBN 978-3-570-17234-6

www.cbj-verlag.de

Eva Hierteis
Miss Kiss
und die Sache mit dem Küssenmüssen

ca. 126 Seiten, ISBN 978-3-570-17428-9

Um Milly, elf Jahre, elf Monate und elf Tage, ist das Kussfieber ausgebrochen: Ihre beste Freundin küsst Leon, ihre ärgste Feindin küsst, was ihr in den Weg kommt, ihre Mutter küsst den Falschen und ihr Hund küsst sowieso jeden, noch dazu mit viel Zunge. Milly hat echt genug. Bald ist sie zwölf und immer noch ungeküsst – das geht doch nicht! Ein Kuss muss her. Fragt sich nur, wie, wo, wann und vor allem von wem. Bücher, Zeitschriften, Fernsehen und ein unsagbar peinliches Gespräch mit ihrem Vater bringen sie nicht weiter. Also fasst Milly einen Plan. Unter dem Decknamen Miss Kiss gibt sie eine Anzeige im Szenemagazin der Stadt auf. Aber was dann passiert, stürzt Milly in die größte Katastrophe ihres Lebens.

www.cbj-verlag.de